读书就是回家

寻找篇

麦家陪你读书 著

江苏凤凰文艺出版社
JIANGSU PHOENIX LITERATURE AND ART PUBLISHING

图书在版编目（CIP）数据

读书就是回家. 寻找篇 / 麦家陪你读书著. -- 南京:
江苏凤凰文艺出版社, 2020.10
ISBN 978-7-5594-5074-6

Ⅰ. ①读… Ⅱ. ①麦… Ⅲ. ①文学评论 - 文集 Ⅳ.
①I06-53

中国版本图书馆CIP数据核字(2020)第153712号

读书就是回家 寻找篇

麦家陪你读书 著

责任编辑 李龙姣
策划编辑 胡 杨
装帧设计 仙 境
出版发行 江苏凤凰文艺出版社
南京市中央路 165 号，邮编：210009
网 址 http://www.jswenyi.com
印 刷 唐山富达印务有限公司
开 本 880 毫米 ×1230 毫米 1/32
印 张 8
字 数 180 千字
版 次 2020 年 10 月第 1 版
印 次 2020 年 10 月第 1 次印刷
书 号 ISBN 978-7-5594-5074-6
定 价 39.80 元

序言

这几年，作为作家的我很惭愧，没有出一本书，小文章也发表得少，用“颗粒无收”来形容也不为过。当然，没收成并不说明我不在播种，我肯定在写的，只是写得慢，东西又偏大，一时收成不了。

我期待今年有好的收成。

我知道，作为作家，终归是要用作品说话，而不是这样——用话筒说。但这几年我好像也经常在用话筒说，学校、电视台、各种会议，太多了。我告诫自己：这不是你的田地，也不是你的擅长，应该引起警惕。是的，虽然“述而不作”也是一种选择，但不是我的，我希望“佳作迭出”。所以，面对“颗粒无收”，心底是内疚的，惭愧的。

我要安慰一下自己，作为作家，我首先是个读者，阅读是写作最好的准备，写作也是为了让更多人去阅读。从这个角度讲，我这些年其实是做了一件“大事”的。这件事是从过去的一些事中延伸、生长出来的，所以我得回到过去。

十五年前，在长达十几年的一个时间段里，我写的作品大部分在邮路上，写稿、投稿、退稿构成了我一个倒霉蛋命运的复杂的几何图案。我的第一部长篇《解密》曾被十七次退稿，前后折磨了我十一个年头。折磨是考验，也是锤炼，把我和我的作品磨得更加结实、锋利，有光芒。有一天当它问世后，过去缠绕我的种种晦气被它一扫而空。后来由于《暗算》电视剧和电影《风声》的爆红，更是让我锦上添花，时来运转的背后是实实在在的名和利，坦率说多得我盛不下。

也许是我心理素质差吧，也许是我心里本来有颗公德心，我总觉得文学让我得到的太多，我应该拿出一些还给文学，还给读者。于是，2013年我在杭州西溪湿地，创办了一个“麦家理想谷”的公共阅读空间，两百来平米，上万册书，沙发是软的，灯光是暖的，茶水、咖啡是免费的；还有个小房间，你需要也可以免费住——当然是爱文学的暂时落魄的年轻人，像写《解密》时的我。

总之，这儿——我的理想谷——没有消费，只要你爱书，爱文学，一切都是免费的。但同时我也是吝啬的，我不提供WiFi、电话，甚至我希望你进门关掉手机，至少是静音吧，免得打扰人读书。“读书就是回家”，这是我理想谷的口号，让你遇见更好的自己。我希望每一个来这里的人，都是为了读书，为了静心、安心、贴心，像回家一样。

开办四年来，因为有“免费”的特点，受到广大媒体人的关注、推广，影响越来越大，读者也越来越多，节假日有时一天多达近千人，来自祖国各地。我看到了它的价值，也发现了它的局限，就是：空间有限，距离受限。尤其是外地人，只能把它当作一个景点来看，其实是读不来书的。

去年3月，受一位吉林读者的建议，我决定把“理想谷”搬到网上。去年我就一直在做这件事，挑选、确定书目，找人解读、领读、配乐，然后挂到我的微信公号上，公号的名称就叫“麦家陪你读书”。

我有个宏大的计划，就是“100+1000+7+20”的计划。100是指100位专业读书人，他们负责拆书、解书，化繁为简，提纲挈领，把一本书拆成7部分；1000是指从理想谷现有上万册藏书中选出1000本古今中外的文学佳作，这工作主要由我负责；7指的是7天，即一周读完一本书；20是指20年，用20年时间，以“文字＋图像＋音频”的方式陪你读（听）完1000本书。我不知道最后能不能完全实现，但我在努力做，坚持做，希望能做完做好，也希望有更多人来分享。

我们现在经常讲中国经济要转型，其实我们的生活也要转型，要从物质层面转到精神层面上来。我们讲文化自信，弘扬民族精神，首先要从阅读开始，从书中去读懂我们民族的美，我们历史文化的博大精深；也读懂自己，什么样的生活才是美的，幸福的。毋庸置疑，今天我们并不是缺少可读的书，而是缺少读书的人；不是没时间读书，而是没习惯读书。我现在做的事情就是这样，陪人读书，希望有人在我陪伴下，养成读书的习惯。

说句心里话，我觉得陪人读书就是陪人成长，是一件积功德的事，所以虽然很烦琐，但还是乐在其中。其实我陪你成长，也是你陪我成长，成长是互相的，温暖也是互相的。虽然我的计划才开始实施，但我已收获满满的幸福，我的公号在短短半年多时间已经成了有六十多万爱书人的大家庭。多一个人因我的陪伴而多读了一本书，对我就是一份收获。从这方面讲，这些年我的收获真的不小！

我要再安慰一下自己，我可以少写一本书，世界不会因为我少写一本书而少一本书。但你不能少读一本书，你少读一本书，也许就少掉了一个与世界沟通、与自己沟通的渠道。世界很大，但书最大，因为书能让世界变小，让我们长大。我就是这么长大的，因为书，读书，走出了乡村，领略了世界的美，内心的深。走进书里，走进内心深处，我们终归会发现世界是美的，人是善的，全世界的黑暗也灭不掉一支烛光。

我现在每一天都过得比以前从未有的充实、曼妙，早上起来第一件事就是打开公号，在音乐和读书声中洗漱、吃早餐，晚上在分享读者的留言中安然入睡。那些留言像家人的叮咛、絮语一样温暖我，成了我最有效的安眠药——我一度天天要吃安眠药才能入睡，现在好了，是搂草打到兔子的喜悦。

这里我要特别感谢花梨女士，我公号的日常运行都由她牵头落实。在她日复一日、夜以继日的辛勤下，我像变成了孙悟空，分身有术，无所不能。据不完全统计，我的"分身"至少有八十九位，他们有个诗意浪漫的名字：荐书人。他们身处四面八方，又在同一个地方：书房。他们既有金的炽热，又有银的柔软；他们读书不倦，又善于读书；他们能把书读厚，也能读薄；他们在书中遇见了美好的自己，又把自己的美好奉献给他人。在此，我代表读者谢谢你们！正因你们的才华，你们的热情，你们的付出，才让我们的大家庭变得更大，更温柔敦厚，更朝气蓬勃。

最后，必须的，我要说：谢谢你们来陪我读书，读书的好处，不读书的人是不知道的，正如心怀理想的欢喜，没理想的人是不知道的。这世界，人是最有情有力有智有趣的，其次是一本书。此时此刻，我又听到诗人博尔赫斯在天上说：天堂的模样，就是图书室的模样，世上最迷人的香气，就是书香。

麦家

2018.2.17

据录音整理

目录

刀锋 · 做永不妥协的自我 001

“超会讲故事的小说家”毛姆三大代表作之一，入选“五十部灵性经典”。为了寻找生命真正的意义，主人公拉里踏上了苦苦求索的道路，最终获得了灵魂的升华。

四十自述 · 容忍比自由更重要 023

一代开风气之先者胡适生前唯一撰写的成长自传，足以影响你一生的名家传记。其实人生不是梦也不是戏，是一件最严重的事实。

城堡 · 探索自我是我们一生要走的路 045

《城堡》是卡夫卡长篇小说代表作，自初版以来，已经被翻译成十几种文字，被誉为“后世无法逾越，非读不可的小说经典”。小说从始至终都被一种冷清的、神秘的氛围笼罩着，情节和人物都极其荒诞，但是寓意深刻，卡夫卡借以告诉世人：人们所追求的真理，不管是自由、公正还是法律，都是存在的；但这个荒诞的世界会给人们设置种种障碍，无论你怎样努力，总是追求不到。

麦田里的守望者 · 青少年成长手册 067

20 世纪必读英文书之一，中学和高等学校必读的课外读物。主人公霍尔顿的经历和思想在青少年中引起了强烈共鸣，因为他们有着一样的理想、苦闷和彷徨。

牧羊少年奇幻之旅 · 不忘初心，方得始终 089

本书讲述了一个牧羊少年圣地亚哥追寻宝藏的奇幻冒险故事。这个故事凝聚了质朴的力量，也向我们展示了一个宏大的主题：人类如何超越自我去追寻近在身边的东西。

挪威的森林 · 不朽的青春物语 111

村上春树的作品中最容易看懂的一部，没有卡夫卡式的隐喻，没有匪夷所思的情节，只是用平缓干净的语言娓娓讲述着已逝去的青春，讲述青春时代的种种经历、体验和感触。

战争与和平 · 一曲格调庄重的时代交响乐 133

列夫·托尔斯泰的长篇小说《战争与和平》几乎写尽了 19 世纪初欧洲和俄国的重大历史事件。它以俄国 1812 年的卫国战争为中心，同时涉及多个国家，以及著名人物的政治、军事、外交斗争。在真实和虚构之间随意切换，让我们看到了关于生命和生活的答案。

少年*Pi*的奇幻漂流 · 人生和自我都是用来相处的 155

毕业于哲学系的作家写的这本小说，讨论了自由、人性、信仰、成长等许多问题。尽管“这个故事有一个幸福的结局”，但真相依旧震撼人心。

丛林之书 · 全人类的心灵乌托邦 177

《丛林之书》不仅博得无数青少年的喜爱，同时也使成年读者得到了无穷的乐趣，把他们带回了童年时代金色的美妙幻想世界。正像马克·叶温说的那样："我了解吉卜林的书……它们对于我从来不会变得苍白，它们保持着缤纷的色彩，它们永远是新鲜的。"

苏菲的世界 · 哲学入门之书 199

《苏菲的世界》不仅能唤醒人们内心深处对生命的敬仰、对人生意义的好奇，而且也为每一个人的成长——为生命由混沌走向智慧、由困惑而进入开悟之境，挂起一盏明亮的灯。

尤利西斯 · 一部现代普通人的史诗 221

在世界文学史上，詹姆斯·乔伊斯无疑是一道璀璨的光芒。他是20世纪最伟大的作家之一，其作品及"意识流"思想对世界文坛影响巨大。他用了七年时间写下的长篇巨著《尤利西斯》，被评为有史以来最优秀的十部小说之一，但同时也是最难读完的"天书"之一。

Chapter 1

刀锋·做永不妥协的自我

『不要阻碍年轻人的选择，
他们能找到自己的路。』

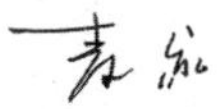

“超会讲故事的小说家”毛姆三大代表作之一，入选“五十部灵性经典”。为了寻找生命真正的意义，主人公拉里踏上了苦苦求索的道路，最终获得了灵魂的升华。

Step 1

毛姆很少对人物角色做出强烈的主观评价，他冷静、客观的态度，往往能安抚情绪激动的读者，促使读者去理解而不是去批判书中的人物。比如他在小说的结尾并没有按照读者的预想，为伊莎贝儿安排孤苦一生的结局。这让读者们能够跟随他，重新站在伊莎贝儿的角度深入地思考问题。

故事的主角是一名退伍的美国一战飞行员拉里·达雷尔，他的父母于他很小的时候去世，他被父亲的一名医生朋友抚养长大。一战结束，拉里退伍回来，和来自显赫家族的青梅竹马伊莎贝儿订了婚，伊莎贝儿的古董商舅舅艾略特也热心地帮助拉里安排工作，可以说拉里的未来充满了希望。

可是拉里却显然对别人为他安排的生活毫无兴趣。他不想去读大学，认为那只是浪费时间去获得一个毫无价值的学位；他也不想接受朋友之父亨利·马图林给他提供的高薪工作，没有别的理由，只是因为他感到无聊。

拉里的亲人朋友不理解他为何变成了一个游手好闲的人，伊莎贝儿和舅舅艾略特则担心拉里的游手好闲会让婚后的生活拮据，上不了台面。

至此，拉里大概给我们留下了一个不好的印象，不过好在我知道他游手好闲的原因。拉里从未和朋友说过，我也是从一个名叫苏珊·鲁埃维的模特兼妓女口中得知。

在做飞行员时，拉里曾有一位要好的爱尔兰朋友，在一次行动中为了救拉里不幸身亡。那位朋友死时不过二十二岁，准备在战后同一位姑娘结婚。从那一刻开始，拉里就陷入了巨大的迷茫，他开始问自己人生为什么会有恶与不幸。

为了解答萦绕在脑海中的问题，拉里读了很多哲学著作，我就曾在图书馆中，看到他连坐八九个小时阅读哲学名著。可是光靠阅读又怎能解决一个困扰了许多哲学家的终极问题呢，拉里需要接触更广阔的世界。

此时同伊莎贝儿的爱情似乎成了拉里的负担。拉里如果要和伊莎贝儿走下去，就必须接受世俗的行为模式，找一份高薪的工作，然后和伊莎贝儿过着富足、体面的生活。但是拉里却一心想要寻求心中问题的答案。

因此拉里提出要和伊莎贝儿暂时分手一段时间，他告诉伊莎贝儿他要去巴黎待上两年，若两年之后拉里还需要继续寻找答案，就解除婚约。尽管伊莎贝儿不能理解拉里到底要寻找什么，但还是答应了拉里的请求。

伊莎贝儿的舅舅艾略特，倒是对二人暂时的分手持乐观态度，他认为拉里在法国找几个富有的情妇，过一段放荡不羁的日子后，就会乖乖回来和侄女结婚。就算最后拉里未能回心转意，对伊莎贝儿来说也不是坏事，伊莎贝儿还能嫁进更富有的家族。

让我们先按下故事的暂停键，回到这本书本身来。毛姆从没有明确解释过为何要将本书取名为“刀锋”，但是却在《刀锋》扉页，引用了《迪托·奥义书》中的一句话说明了书名的来源：“一把刀的锋刃很不容易越过，因此智者说，得救之道是困难的。”

在《刀锋》里，毛姆在探索人的得救之道是什么。拉里经历了一系列的人生变故，因此对世人眼中富足、体面的生活失去了兴趣，转而对人生的价值和意义充满了好奇，这使得拉里这个角色闪烁着哲学的光辉；而伊莎贝儿，她紧紧抓住的是穿漂亮衣服、参加豪华派对的快乐生活，从另一方面来说，这是她的得救之道。

对比之下，伊莎贝儿的三观显得肤浅无知，可是作为读者我们却不忍心责怪她。因为我们都像伊莎贝儿一样在乎物质享受，但偶尔又希望自己能像拉里一样放下一切身外之物，直奔诗和远方。伊莎贝儿坚信刀的这一面是美好的，拉里却想越过刀锋，寻找另一种得救之道。

Step 2

这之后很长一段时间，我都没有听到任何有关拉里和伊莎贝儿的消息。直到第二年的 6 月份，我才再次在伦敦见到了伊莎贝儿的舅舅艾略特。一见面，艾略特就开始向我抱怨拉里的种种恶劣行径。

原来，艾略特本打算利用自己在上流社会的关系，帮助拉里度过在巴黎的日子，于是便让拉里在抵达巴黎后就给他写信。哪知拉里悄悄到巴黎安顿下来，并未理会艾略特的盛情邀请。

艾略特在得知拉里已经到达巴黎后曾试图联系他，可是拉里一直通过美国旅行社的转接和艾略通信，坚决不透露自己在巴黎的住址。他邀请拉里共进午餐，为拉里和上流社会牵线搭桥，拉里却以自己不吃午餐为由，粗鲁地回绝了他。

艾略特对我说："恐怕他是个极端没有出息的青年人，我认为伊莎贝儿嫁给他是个大错。说到底，如果他过的是正常生活，我在里茨酒吧间或者富凯饭店，或者什么地方总该会碰见他。"

艾略特是一个十分在乎自己上流社会身份的人，因此在艾略特的眼中，拉里没有出现在巴黎上流社会的时髦地带，实在是因为他没有上进心。

我在巴黎的蒙帕纳斯区吃晚饭时有幸碰到了拉里。能见到老朋友拉里显得很高兴，他主动邀请我明天共进午餐。午餐过程中，我和拉里聊到了各自的近况。拉里说他在巴黎看书学习，偶尔和伊莎贝儿进行通信，伊莎贝儿写信说她将在明年和母亲一同来巴黎度假。不过他似乎不愿意过多地向我透露自己的近况，更不愿意向我透露自己的住址，因此这就是我能够了解的所有有关拉里的近况。

第二年 3 月，我才再一次来到巴黎，伊莎贝儿和母亲布夫人也已经来到巴黎安顿下来。

伊莎贝儿和拉里相约出游，伊莎贝儿提出要去参观拉里的住所，拉里便带她来到了一家很不像样的小旅馆中。这就是拉里两年来居住的地方：一张简单的双人床，一张桌子，一把不太舒服的椅子，以及散落在房间中的书籍和笔记。眼前的场景，让习惯了锦衣玉食生活的伊莎贝儿大吃一惊。

“这地方太肮脏了。”伊莎贝儿直言不讳。

“不，我觉得这里不错，我只需要这样。”拉里说。

接着，拉里向伊莎贝儿讲述了自己两年来的生活。他学习了拉丁文、希腊文，并且在巴黎大学听了很多课。他讲自己第一次读到《奥德修纪》原文的感受时，几乎兴奋地从椅子上跳了起来。

可怜的伊莎贝儿听着拉里讲述她并不理解的事物，内心愈发地窘迫。那一刻，她一定觉得她熟悉的拉里变得遥远了，眼前的这个人说着一些疯言疯语，却只字不提何时回芝加哥以及他们的婚约。她隐约地为二人的未来感到担忧。

果然，拉里表示他还要将这件事进行下去，直到他搞明白那些问题为止，比如世界上到底有没有上帝，世界上为什么会有恶，人死后灵魂是否还存在。

他希望伊莎贝儿能嫁给他，靠着他一年三千块的收入，两人能在巴黎过着相对宽裕的日子。伊莎贝儿则觉得拉里疯了，她不明白一个人为什么放着好日子不过，非要跑去研究几千年来都没有人能解决的问题。

伊莎贝儿虽然年轻，脑子却清醒得很。她直接指出拉里提议的生活对她是多么的不公平，她再也不能过自己想要的富足生活，拉里也不会想办法挣钱。

拉里想寻求精神的富足，他不在乎身份地位，不在乎吃穿用度，他只怕自己成为一个富有的空虚之人，那会腐蚀他的灵魂；而伊莎贝儿，很坦诚地告诉拉里她有欲望，她需要物质带给她的快乐。

即使两人真的相爱，面对价值观上如此巨大的隔阂，这一段感情也很难继续走下去。

伊莎贝儿慢慢地摘下了手上的红宝石订婚戒指，她不是一个会被爱情冲昏头脑的小姑娘，她爱拉里，可是拉里无法给她满意的生活。这场爱情，也就这样结束了。

拉里想越过刀锋，寻找在另一面的得救之道；而伊莎贝儿安于待在刀的这一面，刀的另一面如何，与她无关，一把刀的两面注定没有交点。他们爱过，只不过爱错了人。

Step 3

和拉里分别后，伊莎贝儿心事重重地回到了家中。不巧的是，母亲布夫人还有舅舅艾略特正在接待几个有身份的朋友。

客人中有两个富有的美国女人，她们的穿着雍容华贵，举止谈吐都颇有上流社会的浮华气质。伊莎贝儿落座后听着两位女士谈话，既羡慕又嫉妒，她觉得这才是生活。

客人散去后，伊莎贝儿才有机会告知布夫人和艾略特她已经和拉里解除了婚约。听到这一消息后，艾略特第一时间想到的竟然是明天的午饭。“这样一来可就糟糕了，这样短短的时间，叫我去哪儿再找一个人呢？”伊莎贝儿则表示，拉里还是会出席明天的午宴。

艾略特很看不惯两个年轻人解除婚约后还成双成对地出现，不过好在巴黎的社交季即将结束，继续留在此处也没有任何的意义，艾略特就带着伊莎贝儿和布夫人来到了伦敦，开始了新一轮的社交生活。

差不多一年半之后，我才再一次在伦敦见到了伊莎贝儿。在一次艾略特的宴会中，我看到了出席宴会的伊莎贝儿被穿漂亮衣服的高大年轻人包围着。显然，年轻貌美的她现在已经成为男性的抢手对象。我们约定了一起吃午餐。

和我预想的一样，伊莎贝儿找我是因为拉里。

“拉里如果把那些精力都放在工作上，他会有一笔很可观的收入……可是他费劲学习那些语言有什么用处呢？”

“有些人对做某一件事情具有那样强烈的欲望，连自己也刹不住车，他们非做不可。为了满足内心的渴望，他们什么都可以牺牲。”我解释道。

伊莎贝儿承认她对拉里感到抱歉，她也曾想过若是她足够大度，就会答应他的请求。可是她更想要正常女孩子的生活，她清醒地知道拉里的提议对她多么的不公平，拉里能够按照自己的意愿遨游天地，而她只能在拉里的身后过苦日子。

“你知道我原以为到了摊牌的时候，他会屈服，你知道他很软弱。”

“软弱！”我叫出来，“你怎么会有这种想法，一个人由于决心要走自己的道路，能够一年不理所有亲友的反对……”

不等我说完，伊莎贝儿便反驳我：“过去只要我叫他做什么，他就做什么，我能把他玩弄于股掌之上……”

伊莎贝儿并非表面上那般天真烂漫，恰恰相反，她对拉里的感情中带有一种贪婪的占有欲。当拉里决定在追寻理想的道路上越走越远时，拉里也正在从伊莎贝儿的手中溜走，这无疑让伊莎贝儿感到强烈的不安。

“我不高兴，也不懊恼，只是这不是我能做得了主的事情……你可以说这是我性格中好的一面。”伊莎贝儿说道。

的确，这不是伊莎贝儿能做主的事情。伊莎贝儿是个精明的女孩，她本能地感觉到孩子是不能留住拉里的。一个不顾一切想寻找救赎之道的人，谁能拦得住他呢？

伊莎贝儿是毛姆塑造得最成功的角色。如果在小说开头读者还认为伊莎贝儿是个天真烂漫的小姑娘，那么通过和拉里解约一事，我们也终于认清了伊莎贝儿贪婪、精明的一面。解约非但没有给伊莎贝儿带来过多的悲伤，而且让她更加意识到金钱和地位的重要。

艾略特和伊莎贝儿都代表了美国物质社会的价值观，你很难说他们的价值观有什么错误，因为这就是真实的人性，这个世界上很多人都将金钱和地位看得很重要，我们不能要求所有人都高风亮节、无欲无求。

故事中的“我”也知道钱的重要，也爱和上流社会的人交好，但是不同的是“我”能理解拉里的选择，甚至崇拜拉里这种超然的人生态度。

而艾略特和伊莎贝儿盲目地反对拉里选择的生活方式，对拉里丰富的精神世界一无所知。这种消极又狭隘的态度，实际上缩小了自己人生的维度，让自己成了被囚禁在钱、权中的奴隶。

你坚定地相信选择某一种人生是你的自由，可这并不代表你要反对一切和你相悖的选择。人生有很多种可能，我们始终要带着宽容的心和理解的态度对待身边和你不同的人。

Step 4

自从在伦敦和伊莎贝儿一别，我大概有十年没见到拉里和伊莎贝儿。再次和二人重逢后，我才得以知道他们各自的故事。

拉里和伊莎贝儿分别后，竟然跑到了煤矿上做劳工。他来到了位于英国的煤矿村，在当地一个年老的寡妇家找到了便宜的住所，和一个名叫考斯第的波兰人合住一个房间。考斯第是一个长相粗犷的人，可是举止和谈吐不俗，还能说一口正宗的法语。

考斯第曾经是沙皇手下一名将军的儿子，上过贵族军事学校，还在一战中做过骑兵军官，后来因为密谋刺杀活动被人出卖，沦落至此。

相似的学识和经历让拉里和考斯第给对方留下了好印象，拉里成了考斯第的工作助手。二人在工作之余经常一起喝酒打牌。考斯第打牌爱作弊，但赢了钱之后就给拉里买酒喝，好像他很享受这个过程，这让拉里觉得他很有趣。

而真正让拉里对考斯第充满兴趣的是他粗犷外表下的另一面。考斯第常常在喝醉酒时谈起神秘主义，谈论万物的本性，谈论极乐世界……这无疑让追求真理的拉里兴奋不已。

春天的时候，考斯第和拉里决定离开那里，一路流浪至德国，找个农场上的工作消磨掉整个夏天。他们一路走到了德国境内。遇到小镇就停下来看看，晚上总能找到便宜的小旅店留宿，有一两次他们不幸地只能睡在稻草堆上；饿了，他们就去路旁的小馆子吃些东西。拉里跟考斯第学习德语，到德国时，他已经能和当地人进行基本对话了。

喝多了酒后，考斯第仍旧会说出一些深刻的东西。他谈论从逃避孤独中找到孤独，谈灵魂的黑夜，谈造物和主宰合为一体的极乐境界，这些都深深吸引着拉里。

后来，拉里和考斯第终于从农场主老贝克尔手里找到了一份工作。老贝克尔家还有贝克尔太太（他的第二任妻子）。老贝克尔的儿子在大战中牺牲了，留下了一位年轻貌美的妻子爱丽，还有一双儿女。

一天晚上，爱丽偷偷爬上了拉里的床，迫使他和自己发生了关系。这件事发生后，拉里觉得无法继续留在农场上，就连夜收拾行李离开了村子，只身前往波恩。

拉里的生活充满了不确定性，但是伊莎贝儿的生活就平淡多了，和拉里分手的第二年 6 月，伊莎贝儿就和格雷 · 马图林结婚了。格雷 · 马图林是投资人亨利 · 马图林的儿子，不仅家财万贯，挣钱的本领也很强。

婚后，亨利 · 马图林的生意也蒸蒸日上，美国的日益繁荣让这一家子大赚一笔，每一个人都沉浸在纸醉金迷的美国梦中。

然而平静的生活在 1929 年 10 月 23 日那一天被打破了。纽约的证券市场崩溃，马图林的万贯家财化为乌有，突发心脏病去世了，格雷 · 马图林只好宣布破产。他和伊莎贝儿抵押了父亲的房子和二人豪华的住所，变卖了伊莎贝儿的首饰，唯一留下的财产就是一个在南卡罗来纳州的农场。

公司破产后，格雷由于巨大的精神压力患上了严重的头疼病，几乎无法做任何工作。他们一家只好搬到农场去让格雷好好养病。

纽约市场的巨大崩溃并未对艾略特造成丝毫影响。在经济大萧条之前，他就将所有的股票都变卖换了黄金，因此躲过了一劫。

艾略特收到伊莎贝儿的电报说布夫人病重，赶往美国陪姐姐最后一程。一个月后，布夫人去世，艾略特留在美国帮助料理了后事。

尽管伊莎贝儿卖掉了布夫人生前居住的老房子，拿到了部分遗产，可是还是不够一家人的开销。艾略特看不惯伊莎贝儿只能住在乡下的农场中，他邀请伊莎贝儿和格雷前往巴黎居住，还慷慨地承担了格雷和伊莎贝儿一家的全部开销。

在这一场事故中，我们也得以看到艾略特和伊莎贝儿的另一面。

面对家族破产、母亲去世等接踵而至的悲伤消息，伊莎贝儿一直保持着冷静、理智，她的坚强不屈也颠覆了我们眼中那个爱玩乐、娇生惯养的小女孩的形象。

至于艾略特，他虽然势利、狭隘，却是个家族观念强、慷慨和善的人。连毛姆都不禁感慨：谁能够否认艾略特这个最大的势利鬼，也是最仁慈、最体贴、最慷慨的人呢？

Step 5

伊莎贝儿一家受艾略特的邀请，在巴黎安顿了下来。正巧我由于工作需要，要在巴黎待上几个星期，因此便登门拜访了伊莎贝儿。十年之后再见伊莎贝儿，她已然成了一个魅力十足的女人。

紧接着伊莎贝儿的丈夫格雷回来了。和我上一次见到的格雷相比，他胖了不少，脑袋上也出现了一大块秃顶。变化最明显的就是格雷的眼神，年轻时的他是那样意气风发，而现在这双眼睛里只能看到沮丧。

有一天我正在多姆咖啡馆喝着咖啡，一个蓬头垢面、衣衫褴褛的男子突然来到我面前和我打招呼，我本以为这是个没出息的乞丐来讨钱，哪知这人竟是久未露面的拉里。

我向他讲述了伊莎贝儿和格雷的近况，虽然他多年未见这些老朋友，可是看得出来他对朋友们还是很关心的，他表示改天会登门拜访伊莎贝儿和格雷。

就这样，拉里重新回到了我们的生活中。他将自己收拾了一下，重新做回了文明人。

在伊莎贝儿的追问下，他向我们讲述了在印度游历的经历。听了拉里的经历，伊莎贝儿却不禁皱起了眉头。伊莎贝儿本以为拉里还是她的，现在她却不禁感到他像一道光一样溜走了。

“大家玩得很开心，而且觉得他是我们的一员。可是，突然间，你觉得他就像你想要抓在手里的烟圈一样逃脱你的掌控。”伊莎贝儿这样形容她对拉里的感受。

我说：“有时候我觉得他就像一个伟大的演员，在一出蹩脚的戏里把一个角色演得无懈可击。”

在巴黎的日子里，我又遇到了一位老朋友，也就是我们在故事最开始提到过的苏珊·鲁埃维，她是故事中唯一一个知道拉里失去战友这件事的人。

苏珊·鲁埃维是个不大漂亮的法国女人，她靠给画家们当情妇和模特为生。她和画家们同居，可是绝不会爱上他们，因为她不相信那些穷画家能给她幸福的生活。唯一一次犯糊涂是爱上了一个长相相当帅气的瑞典人，她和他同居了三年，并生了一个女儿。后来瑞典人的父亲病重，给苏珊留下一万法郎后就离开了，从此再也没有回来。

瑞典人走后，苏珊将孩子交给了乡下的母亲，只身回到巴黎继续原来的营生。可谁知她却不幸染上了严重的风寒，瘦得只剩下皮包骨，这副样子很难再找到一个愿意养她的画家了。就在苏珊绝望的时候，拉里出现了。

拉里提议苏珊还有苏珊的女儿一起随他到乡下住一段日子，苏珊什么都不用做，只需帮他收拾屋子、做做饭。在此之前，苏珊只在朋友的家中和拉里有过几面之缘，算不上熟识，对于这一慷慨的提议苏珊感到诧异，可是拉里是那么真诚，让人不由自主地就相信了他。

6 月快结束时，我因为工作原因要离开一段时间，就在离开的前一天我邀请大家一起吃晚饭。

那天晚上伊莎贝儿坚持要去一个低俗的巴黎娱乐场所，这个娱乐场所混乱不堪，大家玩得并不尽兴。突然一个喝醉酒的美国女人叫住了我们——原来是索菲·麦唐纳，伊莎贝儿之前的朋友之一。年轻时她嫁给了一个名叫鲍勃·麦唐纳的律师，还生了一个孩子，伊莎贝儿说她从未见过如此相爱的两人，他们做什么都在一起。

一天晚上一家人外出发生了车祸，鲍勃和孩子当场死亡，只有索菲幸存，从那时起她便发了疯一样地堕落了。显然，这么多年过去了，她仍然没有从当初的打击中走出来。

我和格雷为一个好女孩堕落至此感到哀伤，伊莎贝儿却并不同情索菲的遭遇："一个正常的人碰到这种事情总要恢复过来的。她如果性情坚强的话，总应该有办法过下去。"

一直沉默不语的拉里突然说话了，像是对着过往岁月自言自语："我记得她十四岁时，是一个谦虚的、高尚的、充满理想的孩子，碰到什么书都看，我们时常在一起谈书……战后我回来时，她读了许多关于工人阶级情况的书，她想要做一个社会工作者。她的牺牲精神很使人感动……她给人一种幽闭贞静和灵魂高洁的印象。那年夏天，我们时常碰面。"

秋天刚到，我便又回到了巴黎。伊莎贝儿急急忙忙地找到我，告诉我拉里要和索菲·麦唐纳结婚了。

Step 6

在我们那次偶遇索菲之后，拉里私下里找了索菲几次，他帮助索菲戒了酒，他们的关系就是从那时候开始的。

伊莎贝儿当然强烈反对二人的婚事，她的嫉妒心使她恼怒。一个聪明的女人擅长用美丽的谎言掩饰她丑陋的目的。伊莎贝儿费尽心思地劝我帮她拆散索菲和拉里，却要用冠冕堂皇的理由让这一切显得高尚。

“她会把拉里毁了的……你认为我牺牲自己，就是为了让一个疯狂的淫荡女人把拉里抓在手里吗……我放弃拉里的唯一理由，是我不想让自己影响他的前途。”她几乎哭着对我说。

“去你的，伊莎贝儿，你不和拉里结婚是为了你的方形钻石和貂皮大衣。”我毫不留情地戳穿了她的谎言。

拉里和索菲最终还是没能结婚。

这件事情的经过是这样的：为了庆祝拉里和索菲的好消息，我特地宴请了各位朋友。宴会上，本来不喜欢喝酒的伊莎贝儿突然对艾略特带来的一种甜酒产生了兴趣，一边品尝一边夸赞酒的味道。宴会结束后不久，索菲 · 麦唐纳却彻底消失了。

6 月的一天，我在马赛偶遇了索菲，直到那时我才了解了索菲消失的真相。原来是伊莎贝儿约索菲一同试婚纱，当天却说女儿要看牙医，让索菲一个人在她家等。用人给索菲上了咖啡，那个放咖啡的托盘里还放着一瓶甜酒，就是宴会上伊莎贝儿大为夸赞的那种。苦苦等不到伊莎贝儿的索菲最终没能忍住，喝光了酒离开了。

几个月后，索菲被杀害了。伊莎贝儿是那么想将拉里占为己有，不惜用卑劣的手段毁了一个无辜的女孩子。这之后的某一天里，拉里再次回想起自己的感情时，提到的只有拥有美丽灵魂的索菲，这应该是命运对伊莎贝儿的一个报应吧。

现在让我们忘记这些年轻人的故事，来聊一聊老朋友艾略特的近况。

艾略特患上了严重的尿毒症，我每隔几天就会前去探望他，艾略特在如此病重的时候仍旧在宴请社交名流。在我眼里，他就是一个快死的演员，依旧要化上妆登台表演。

几天后，艾略特的身体恶化，医生禁止他走出房门。最让他恼怒的还是爱德娜·诺维马里，这个富有的美国女人的宴会邀请了所有人，却单单没有邀请艾略特。

为了让艾略特高兴一下，我历经千辛万苦为艾略特搞来一张假邀请函，艾略特看到邀请函后笑逐颜开，他坚持让我给爱德娜·诺维马里回信，为不能参加她的宴会致歉。当晚，艾略特静悄悄地去世了。爱德娜还有其他人的宴会还在进行，谁也没有因为一位老朋友的离世停下脚步。

艾略特将自己多数的财产留给了伊莎贝儿，我不知道这笔钱有多少，但是从伊莎贝儿心满意足的表情就知道这个数字一定很大。她又重新得到了想要的生活。

我在法国后来的日子中，又偶遇了一次拉里。拉里终于向我讲述了他探寻真理的全部故事。

之前我们提到过拉里在逃离农场后，来到了德国波恩，后来拉里成了一名水手，跟随船只到了印度，并在印度待了三年。告别印度以后，才回到了他的世界。

我说："你这次长时期的探索是从恶的问题开始的。是世界上有恶的存在使你孜孜以求的。可是，谈了半天，你对这个问题连一个初步的答案也没有提到。"

"我们在这世界上所珍视的一切美好的、有价值的事物，只能和丑恶的东西共同存在，你说是不是呢？既然这世界上有些事不可避免，一个人就只能尽力而为。"拉里说。

我接着问他："那你现在有什么打算？"

"回美国，去生活。"

拉里向我详细阐述了他的计划。他将把自己的财产分散出去，不让它们成为自己的包袱；回到美国后，他会做一个卡车司机，挣够钱后就在纽约做一名出租车司机，藏身在茫茫人海之中。

拉里的故事就这样结束了。他回到美国后我再也没有听到过有关他的任何消息。

格雷找到了一份工作，伊莎贝儿一家回到了美国开始了全新的生活。

苏珊·鲁埃维嫁给了一位富有的人，再也不用为生活发愁，她的女儿也得到了很好的安顿。

故事就这样结束了。

Step 7

故事开始于拉里在战争中失去了亲密的战友，他对世间为何有恶产生不解，对生命中的不幸产生了巨大的无力感。因此拉里踏上了追寻上帝和真理的旅程。

读者对拉里的解答满怀期待，可惜直到最后，毛姆也没有确切地写出拉里寻求了那么久的答案是什么，他只给了我们一个模糊的轮廓，用晦涩的印度教教义作为解答，大多读者还是不知道那个所谓的真理是什么。

说到底，如何用晦涩的哲学来解答宏大的问题并不是吸引读者的地方，也不是毛姆的最终目的。他真正的目的在于将读者带入一个矛盾的情境中，完成与读者的对接。毛姆的出色之处就在于他能抓住每个人心中都曾一闪而过的思考，并将它放大为一个故事。

在拉里的故事中，毛姆带给我们的思考是：精神与物质究竟哪个才应该是我们追寻的终极目标。让我们再次回到故事中去，看一看那些人物对精神与物质的追求是如何对峙的。

《刀锋》中的人物，被毛姆分成了两大对峙的阵营：一方以拉里为代表，崇尚内心丰富的精神世界，他们不信仰权钱，也不屈服于任何社会行为准则；另一方以伊莎贝儿、艾略特等人为代表，在他们心中物质是与悲喜紧密相连的，社会体系下所认定的成功，就是他们毕生所求。

在故事中，拉里是一种精神的表达。他本不是个拥有大智慧的人，可是却因为战争中的一场灾难，开始思考普世的哲学问题：恶为什么存在，人生的真正意义又是什么。

这种思考并不能说明拉里是特殊的，因为我们每个人的脑海中都曾闪现过这些问题。真正将拉里转化为一种精神力量的，是他追寻问题的勇气与决心。因为思想上的一个火苗，他就毅然放弃他在社会中拥有的一切，踏上了一场在虚无中寻找答案的旅程。

故事最后，拉里选择重新投身于生活，混迹于茫茫人海中体会人生百态，用自己的思想来照亮处在人生迷茫中的人。西里·甘乃夏曾教育他说：脱离苦海要去掉一个“我”字，因此拉里散尽了钱财，成了绝对自由的人。

在众多的配角中，能被划分至拉里阵营的，恐怕只有悲剧的索菲了。拉里说她拥有一个美好的灵魂，这不仅仅是因为她读书多，更因为在她身上有着丰富的感情。她曾爱得那样无私，地位、金钱都不足以将她束缚，只是生活的不幸偏偏降临在她的头上，让她坠入了痛苦的深渊。

拉里和索菲的对立面，是伊莎贝儿、艾略特和格雷等人。按照社会的评判标准，伊莎贝儿简直是一个近乎完美的人。她的原生家庭富足高贵，她本人也长得漂亮优雅，不仅如此她还比多数女人都聪明、明事理。可是伊莎贝儿是一个极其贪婪并且自私的人，她不惜用计伤害索菲。她不在乎是和拉里还是和格雷结婚，只要他们能给她富足的生活。她对他们的感情不是单纯的爱，而是强烈的占有欲。

艾略特将社交生活看得比一切都重要。可是这样一位游走在社交界，并且拥有广泛人脉的人，在病重之时却没人前来探望，只能孤独地躺在病榻上，跟随他多年的男仆也盼望着他快点儿死，这样他就可以拿到自己的赡养费。

艾略特穷尽一生，追求的不过是巨大的虚无，一切满足都在生命最后一刻支离破碎，这不禁让人感到可悲和可笑。

毛姆对他笔下的人物充满了宽容与同情，无论他们做了什么荒唐或恶毒的事，他都带着理解去塑造他们。也许这个故事中最具有智慧的人并非拉里，而是毛姆自己，他始终不带一丝偏见地观察每一个人物，分析他们的内心，并将他们呈现给读者。

毛姆最终没有道出世界的真理，也没有告诉我们，人究竟要像拉里一样活，还是要像伊莎贝儿一样活，这些问题将永远不会有标准答案。小说家的目的是带领我们思考，为我们提供一种解答思路，在合适的时候，它必定会发挥作用。

《刀锋》的最后，寻求真理的拉里回归了茫茫人海，选择体会人生百态。所以说复杂的人生奥秘不一定藏身于静谧的山林中，倒极有可能藏于这万千世界中。人生本就有无限种可能，请不要让自己活在别人的期待中。

Chapter 2

四十自述·容忍比自由更重要

『我们走过的路，读过的书，受过的教育，都会变成滋养我们的养料，在某一时刻，开出灿烂的花朵。』

一代开风气之先者胡适生前唯一撰写的成长自传，足以影响你一生的名家传记。其实人生不是梦也不是戏，是一件最严重的事实。

Step 1

胡适，原名嗣穈，学名洪骍，笔名胡适，字适之，是现代中国著名的文学家、思想家和哲学家。他以倡导白话文和新文化运动闻名于世。其一生获得过三十六个博士学位。

《四十自述》是胡适先生生前唯一亲笔撰写的自传。胡适原本的打算是把本书的写作分为三个阶段：留学以前为一段，留学的七年为一段，归国之后为一段。但是因为种种原因，胡适只写完了第一段的六章内容。而这前六章内容写到他十九岁考取官费出国留洋，也就结束了。

胡适曾对朋友说：“四十岁写儿童时代，五十岁写留学时代到壮年时代，六十岁写中年时代。”但当他满五十岁时，正担任中国驻美大使，恰逢日本偷袭珍珠港的后十天，没有空闲写自传。而他六十岁生日时，又处在祖国沦陷的第三年，他也没有心情写自传。

有意思的是胡适先生是一位出了名的“半部书先生”。他的著作《中国哲学史大纲》和《白话文学史》都只有上卷。民国著名语言文学家黄侃曾经调侃胡适是“著作监”，说的是他写书总是“绝后”。

胡适先生当年出版这本传记，也是想抛砖引玉，希望社会上的事业有成之士能够像他一样“赤裸裸的记载他们的生活，给史家做材料，给文学开生路”。

在学术上胡适先生提倡“大胆地假设，小心地求证”的治学方法。五四运动之后，鉴于当时社会倾向于谈主义，胡适看到了这种趋势的危险，就发出了“多研究些问题，少谈些主义”的警告。

他告诉我们有价值的思想产生于具体的问题。发现问题，找到原因，这是思想的第一步；而提出种种解决办法，这是第二步；推理每一个解决办法会有怎样的效果，这是第三步。

在《新生活》的文章中，胡适告诉我们不要过“糊涂的生活”。糊涂生活就是没有意思的生活，连自己也不知道为什么要做某事。当我们能说出“为什么这样做”的生活，就是有意思的生活。人与畜生的分别就是因为人会问“为什么”。

胡适先生在他的文章《容忍与自由》中写道：“年纪越大，越觉得容忍比自由还要重要”。容忍那些跟我们不一样的人，谁也代表不了上帝发言，有很多错误是因为“深信自己不会错”而铸成的。

胡适先生除了伟大的思想值得我们研究学习之外，他的为人处事也是非常为人所称道的。民国时期，非常流行一句话，那就是“我的朋友胡适之”。

林语堂当年在美国留学，学费断了，写信向胡适求助。胡适一下子就给他汇去一千美元，还故意说这是工资预支款，等学成归国，约他到北大任教。而哈佛毕业后，林语堂到莱比锡大学攻读语言学博士，又跟胡适预支了一千美元。等林语堂学成归国后，如约到北大任教，找到校长蒋梦麟致谢，才知道他收到的钱是胡适个人出的。

胡适不仅对朋友有情有义，对待他的旧式妻子江冬秀更是满怀慈悲。

作为留美归国的博士，胡适没有放弃母亲为他定了十五年的小脚妻子。他归国后，亲自到江家去探望未婚妻，而未婚妻却受制于封建礼教慌张地躲了起来，面对这种情况，胡适选择了尊重和体谅。他受的家教和多年教育让他明白：不能伤害一个等待自己多年，又用心照顾自己母亲的女人。

这位新文化运动的倡导者，就这样一脚踏进了旧式婚姻，娶了一位小脚夫人，这被称为民国“七大奇事之一”。

蒋介石在胡适逝世后对他做出这样的评价：新文化中的旧道德的楷模，旧伦理中新思想的师表。

我们今天研究胡适的思想，解读胡适的作品，就是为了吸收这些精神的养料，成为那个更好的自己。

Step 2

这世间有多少姻缘回头去看好像是前世注定。

翻开《四十自述》的第一篇，胡适先生以小说的手法向我们描述了他的母亲冯顺弟跟父亲三先生如何因缘巧合订婚的那段往事。

冯顺弟出生在一个农民家庭，她的父亲，小名金灶，有一手好裁缝手艺，为人忠厚，乡人都夸他诚实勤谨。顺弟十七岁时，有一位叫星五先生娘的中年妇女，上门给顺弟说媒。说的人家就是绩溪上庄的三先生。三先生前面讨的媳妇玉环已经去世十多年了，留下三个儿子、三个女儿，都已经长大。他在外面做官，写信要家里人给定一门亲事。

金灶夫妇当然不答应自己的女儿去给人家做填房，说出去好像是贪图人家的势力，把女儿给卖了。但是顺弟知道这事之后，却在心里想，帮助父母的机会到了，她父亲的新屋可以盖起来了。而且顺弟以前见过三先生，知道他是人人敬重的好人。

顺弟妈不理解女儿的一番苦心，还数落了女儿一顿，并且打定主意，给媒人开了错误的八字。但没想到排八字的月吉先生曾经给顺弟算过八字，便把庚帖上的八字改了过来，还说八字事小，金灶家的规矩好，顺弟配得上三先生。

胡适父母于1889年结婚，母亲当时年仅十七岁。胡适1891年12月出生，而父亲则不幸于1895年去世，那时，小胡适只有三岁零八个月。

他们家经济并不宽裕，靠着二哥在上海做生意维持生活。偏偏胡适的大哥是个败家子，吸鸦片、赌博。每年除夕，总有很多债主上门讨债，而大哥早就躲出去了，全靠胡适的母亲来应付，可她却从不骂大哥一句。

在家中，胡适的大嫂和二嫂时常给这位后来的婆婆摆脸色。有时候，她们还打骂自己的小孩出气，骂给别人听。胡适的母亲总是忍耐着，实在忍不住了，就找一个早晨，不起床，哭自己的丈夫。

渐渐懂事的胡适，开始明白，世间最可恶的就是一张生气的脸，最下流的就是把生气的脸摆给别人看。而母亲忍耐着这些生活的苦痛，只希望儿子将来能够成才。

胡适三岁的时候就去学堂读书了。在此之前，因为父亲亲自教导的缘故，他已认得一千多个字。他最开始读的两本书是父亲编写的四言韵文《学为人诗》和《原学》，之后又读了《律诗六钞》《孝经》和朱子的《小学》，再就是四书和《诗》《书》《易》《礼》。

从这份书单可以看出，胡适童年学习的是儒家经典著作，接受的是儒家传统教育。

当时蒙馆学费很低，每个学生一年两块大洋。先生对这类“两元”阶级的学生，不肯用心教，只教他们死记硬背。所以很多孩子学得没有趣味，就开始逃学，又因为逃学惹得先生体罚，而体罚只能适得其反。

胡适则不属于这“两元”阶级。他母亲付的学金特别优厚，胡适也得以享受到不一样的教育。教书先生会为胡适“讲书”：读一字讲一字的意思，读一句讲一句的意思。这样的学习方法把书念活了、读透了，也有趣味读下去。

曾国藩说过，看一个家族是否兴旺，第一点就看子孙是否早起。胡适的母亲每天天还不亮，就把胡适喊醒，然后开始晨训。天亮了，就催他去上早课。

胡适的母亲既是慈母，又扮演着“严父”的角色。她从不在别人面前打骂孩子，做错了事，只一个严厉的眼色，就把胡适吓住了。但是，只要胡适犯了大错，当天晚上就会被惩罚。

有一次，胡适因为说话轻薄而被母亲责罚不准睡觉。他跪着哭，结果用手擦眼泪，得了眼翳病，一年多都没有医好。他母亲听说眼翳可以用舌头舔，就真的用自己的舌头来舔胡适的病眼。这就是胡适严师般的慈母！

为此，胡适曾这样说：“如果我学得了一丝一毫的好脾气……我能够宽恕人，体谅人，我都得感谢我的慈母。”

Step 3

苏格拉底告诉我们：未经审视的人生不值得一过。

胡适先生在回顾他从一个“拜神者”成为“无神论者”的思想转变时，追溯了他父亲留下的程朱理学的家风。

胡适的父亲深受程朱理学的影响，从来不信鬼神。他编写的《原学》，开篇就是：“天地氤氲，百物化生。”这里面就有理学家自然主义的观点。另一部书《学为人诗》中最后几句结语：“穷理致知，反躬践行。黾勉于学，守道勿失。”也是程朱格物穷理的治学态度。

然而，有意思的是，胡适家族里的女眷是深信神佛的。星五伯娘和胡适二哥的丈母，这两位老人都是吃长斋念佛的。胡适的三哥得了肺痨病，生了几个孩子都没有养大。星五伯娘就经常拜神佛，有时候就在家门口放焰口。三哥不肯参加行礼，就由胡适来代替。

而二哥的丈母带到胡适家的善书，也都被小胡适看完了。他又看了《观音娘娘出嫁》的全台戏，所以脑子里装满了地狱的惨状。对于一个十岁左右的小孩子来说，真就相信了鬼神的存在。

可在他十一岁时，有一天温习朱子的《小学》，念到司马光的家训，其中有这样几句话：“形既朽灭，神亦飘散，虽有剉烧舂磨，亦无所施。”他重复念了几遍，忽然有了不一样的领悟。

那些《目连救母》等书里描写鬼神地狱的惨状，他一下子不害怕了。

又过了不久，胡适的二哥推荐胡适读《资治通鉴》。就是这部书影响了胡适的宗教信仰，让他成为一个无神论者。

他在这本书里读到了范缜的《神灭论》：“形者神之质，神者形之用”，“神之于质，犹利之于刃……未闻刃没而利存，岂容形亡而神在哉？”

形跟神，就如同刀子和刀刃一样，刀子没有了，刀刃也就不存在了。没有形体，也就没有了灵魂。范缜的《神灭论》论述了形体是灵魂的依附，没有了形体，也就没有了灵魂的存在。

前面司马光“形灭神散”的话，让胡适不信地狱；而范缜的话，则让他走上了无鬼神的思想道路。

一千四百年前，范缜写下《神灭论》。又过了五百年，司马光把范缜的几句关于神灭论的话，记载在《资治通鉴》里。一千四百多年后，十一岁的胡适看到了，影响了他半生的思想。而今天我们读《四十自述》，范缜的唯物主义思想同样也在荡涤着我们的心灵，这就是伟大思想的生命力量吧！

我们知道，人们在少年时期如果在思想上有过很大的转变，就很容易去干点什么来证明自己。

十三岁的那个正月，胡适从大姐家拜年往回走，同行的还有外甥砚香和一位长工。他们走到三门亭时，看到供在那里的几个神像。胡适就提议去把那几个神像捣毁，但因外甥和长工的劝阻而未果。

到了晚上，胡适烧酒喝多了之后就跑到院子里喊“月亮，月亮，下来看灯！”母亲听后很生气，就派人来喊他回家。胡适心里害怕便跑了出去，等他被人追回来时，嘴里还在胡言乱语。这时候，长工就说，糜舅可能在三门亭得罪了菩萨。胡适害怕母亲责罚，听了这话，就故意假装是鬼神附体，更加胡闹。

母亲赶紧焚香祷告，求神道宽恕胡适的罪过，并说要到三门亭烧香还愿。邻居们散去后，胡适就睡着了，好像菩萨显灵了一样。过了一个月，母亲真的置办了猪头贡献，带他去还愿。这对胡适来说，是比挨打更重的责罚。

纵观胡适从拜神到成为一个无神论者的思想历程，可以清晰地看出他父亲所传下的程朱理学的家风，对他的影响是很大的。我们经常说，读书就是对人潜移默化的熏陶，胡适幼年熟读和背诵父亲编写的诗篇，这就是他最好的启蒙教育。

胡适的二哥和三哥曾经进过梅溪书院，都上过南洋师范，所以他们能给胡适在阅读方面提供高质量的选择。由此可见，一个家族的学识水平，也直接影响着家中子弟的眼界与发展。

Step 4

1904年春天，胡适离开家乡到上海求学，那时候他虚岁才不过十四岁。此后的六年，便是他人生的第二个阶段。

他在上海进的第一所学堂是梅溪学堂。课程只有国文、算学和英文。分班的标准是看国文程度，只要国文念得好，英文和算学程度低也可以升班毕业。

在梅溪学堂，胡适曾经在一天之内连续升了几个班。

他刚去的时候进在程度较低的五班，念的国文书是《蒙学读本》。有一次沈先生在讲课时，把“传曰，二人同心，其利断金。”这句课文中的引语说成了出自《左传》。胡适在老师讲完后，就去老师桌边小声纠正说，“这个‘传曰’是《易经》的《系辞传》，不是《左传》。”

沈先生就此知道，胡适除了读过《易经》，还读过《诗经》《书经》和《礼记》，但是没有做过文章。沈先生当堂让胡适做了一篇《孝弟说》，看了之后，就带胡适去了二班课堂。

不久，胡适就会做“经义”了。而在几个月之后，他又靠实力升到了头班。这一年，胡适阅读了从二哥那里得来的梁启超的著述，又看了邹容的《革命军》，受到这些进步思想的影响，就在毕业前跟几位同学一起，放弃了去上海道衙门的考试。

胡适进的第二个学堂是澄衷学堂。这是宁波富商叶成忠创办的一所上海有名的私立学校。

澄衷学堂除了国文、英文和算学，还有物理、化学、博物图画等科目。这所学校分班要看各科的平均水平，英文、算学程度低就不能再升班了。

但胡适在这所学校，又因为常常考第一，一年连升了四班。他在一年半中，最有进步的就是英文和算学。那时胡适常常在熄灯之后，点着蜡烛，趴在被窝里演算数学题。

胡适在澄衷学堂念书时，正风行阅读《天演论》。他在学堂里的名字是胡洪骍。有一天，胡适请二哥替他起一个“表字”。二哥建议用“适者生存”中的“适”字。胡适很高兴，就用了“适之”两字。后来他先用“胡适”作笔名，到了1910年出国，就正式用“胡适”这个名字。

胡适在澄衷学堂看了梁启超的著作《新民说》和《论中国学术思想变迁之大势》。这两本书都为胡适开辟了一个新世界，后一本书直接启发胡适编写《中国哲学史大纲》，为此，胡适也开始留心读周秦朱子的书。二哥劝他读朱子的《近思录》、梁启超的《德育鉴》和《节本明儒学案》，这些书又引导了胡适去读宋明理学书。

胡适在澄衷学堂只学习了一年半，暑假过后，就考去了中国公学。中国公学成立于1906年，是当时从日本回国的一部分留学生创办的。

在中国公学的教职员和同学中，有不少革命党人。有些过激的同学还会强迫有辫子的人剪辫子。但是胡适在校的三年中，却从未有人强迫他剪辫子。这件事直到二十年后，懋辛先生告诉他说，这是因为当时同盟会员商量过，一致认为胡适将来可以做学问，所以他们都爱护他，不让他剪辫子和参加革命。

胡适在第一学期参加了一个同学组织的竞业学会，学会创办了《竞业旬报》用以谈论革命。胡适在第一期的《竞业旬报》上，用白话文写了一篇《地理学》。在这篇文章中他为了论述地球是圆的，做了这样的论证：我们站在海边，一定是先看到桅杆顶，再是风帆，最后才看到船身。

这篇文章写得浅显明白，胡适在之后的二十五年，抱定了一个宗旨：做文字必须要让人懂得。为此，他不怕别人笑话他的文字浅显。

胡适还在《竞业旬报》上发表了一些《无鬼丛话》。在第三条痛骂了《西游记》和《封神榜》，其中他做出这样的质疑："此其人更有著书资格耶！"这时候是 1908 年。谁能料到十五年后，胡适竟然还为《西游记》做了两万字的考证。

在《竞业旬报》的三十六期，胡适发表了《苟且》一文，痛论随便省事，不肯思考的毛病。宋朝大儒程伊川说"学源于思"，胡适后来走上赫胥黎和杜威的思想道路，就是因为他从十几岁就重视思考的方法。

胡适在《竞业旬报》一年多的训练，不但给了他一个发表言论和整理思想的地方，也给了他多作白话文的训练机会。白话文从此成了胡适先生的一种工具，在七八年之后，这件工具使他成为中国文学革命运动中的开路人。

Step 5

1908年9月间，中国公学掀起了一次大风潮，结果很多学生退了出来，又自行成立了一个中国新公学。这个时候，胡适还不满十七岁。他换了三所学校，但是还没有获得一张毕业证。此时家中经营失败，经济上也陷入困难境地。

原来，胡适的父亲去世后，给家里留下几千两的存款，全家就靠吃存款的利息生活。后来存款的店家倒账了，他们家分得了小店面。店面由胡适的二哥负责经营，几年之中就扩展成一个规模较大的瑞生泰茶叶店。但后来，他二哥的性情由拘谨变得放浪，花钱也多了，店里又所托非人，生意一年不如一年，最后亏空太大，店就让给了债权人。

从1908年7月份开始，胡适担任《竞业旬报》的编辑，每月赚十块钱的编辑费，吃住都归社里管。十七岁的他，已经开始往家中寄钱赡养母亲，并且供自己读书。后来，胡适接受了在新公学教授英语的职务，直到第二年新公学解散为止。

中国新公学支撑了一年，就因为学校没有经费办不下去了。虽然管理很好，学生成绩也好，但实在太穷了，教员只能拿一部分的薪水。

这时候老公学的新校舍已经建起来了。到了1909年10月，经过调停新老公学进行了合并。

在 1908 年至 1909 年之间，胡适家发生了重大变故：大哥和二哥回家主张分家产。其实每个兄弟除了分到几亩地和半间屋子，也得不到什么东西了。而此时胡适的母亲最疼爱的妹妹和弟弟又先后病亡，母亲遭遇这种磨难，自己也病倒了。

而胡适自新公学解散之后，只得到了两三百块钱的欠薪，前途渺茫，哪还敢回家去？他留在上海，考虑的就是找工作养家糊口。却不想在忧愁烦闷的时候，偏偏又“遇着一班浪漫的朋友”，胡适就跟着他们一起堕落了。

原来，胡适从新公学出来以后，跟一些旧日的同学住到了一起，都是从日本回来的留学生。那个时期，各地爆发的革命都归于失败。胡适跟这些同学聚到一起，大家都意志消沉，悲观厌世。

这一班人打牌、喝酒、叫局、吃花酒，样样都干。幸好他们没有钱，只能穷开心。打牌不赌钱，谁赢了请吃馆子；逛窑子也就到吃花酒为止。还请了一位老伶工教他们唱戏，但胡适一句也没有学会。

胡适在那几个月昏天黑地地胡混，不是连日打牌，就是整天喝酒。这样混下去，终于闹出了乱子。

有一天晚上，胡适跟那帮同学在一个“堂子”里喝酒，因为第二天还要教书，就雇了人力车，提前走了，却不想第二天醒来竟然被关在巡捕房。

胡适浑身都湿透了，衣服上有许多污泥，还丢了一只皮鞋。再一摸脸上，也有污泥，并且有破皮的疤痕。原来那天晚上他喝醉了，手里拿着一只皮鞋敲着墙走，被巡捕发现了，怕他闯祸，就想着把他弄到巡捕房，可胡适不肯，用皮鞋打人，跟巡捕一起滚到了泥水里。后来胡适被两个马车夫帮忙捉住，才被送到了巡捕房。

胡适回去后，在镜子里看到自己脸上的划痕和满身的污泥，忍不住叹气，想起“天生我材必有用”的诗句。他十分懊悔，觉得对不住自己的慈母。他没有掉一滴泪，但是思想却发生了很大的转变。

他当日就写信辞去了公学的职务，脱离了原来那些朋友。

胡适决定关起门来准备考试。他在吴淞复旦公学上课的同学许怡荪，也去劝他考留美官费。并且许怡荪和同学程乐亭的父亲，还有胡适的祖叔，都赞助了胡适留学前期的相关费用。再厉害的好汉也需要人帮，朋友之间，危难之时见真情。

胡适闭门读了两个月的书，就和他二哥一起去了北京。他二哥的朋友杨景苏先生指点胡适先读《十三经注疏》。胡适读汉儒的经学，就是从这时候开始的。

通过考试后，胡适就开启了赴美留学生涯。

Step 6

1915 年的夏天，东美的中国学生会新成立了一个“文学科学研究部”。胡适任文学部的委员，他跟赵元任商量，把“中国文字的问题”作为年会议题。

赵元任做的题目是《吾国文字能否采用字母制，及其进行方法》，他提出我国的文字可以采用音标拼音，后来成为《国语罗马字》的主要制作人。

胡适做的论文是《如何可使吾国文言易于教授》。在这篇论文中，他还没有想到用白话文替代古人，所以提出的是改良文言文教授的方法。胡适在这篇论文中提出了四个古文教授方法：其中第一条就是注重讲解古书，这是他幼年学习古文最得力的方法；第二条是讲求字源学；第三条是讲求文法；第四条是要用文字符号。

在这个夏天，胡适有了“白话文是活文字，古文是死文字”的认知。他跟一班留美的朋友经常就中国文字问题，谈到中国文学问题。梅觐庄先生不认可古文是死文字这个观点。他们两个人论战的结果是一个更守旧，一个更激烈。

到了 1916 年，他们几个朋友争辩得更激烈。这时候胡适认为中国文学的问题在于“有文而无质”。梅觐庄还是固执于“诗的文字”与“文的文字”的区别。胡适觉得他们不明白“文字形式”束缚文学的本质。文字形式是文学的工具，工具不好用，无法更好地表达。

从2月到3月，胡适的思想发生了根本性的转变。他认为："一部中国文学只是一部文字形式（工具）新陈代谢的历史，只是'活文学'随时起来替代了'死文学'的历史。文学的生命全靠能用一个时代的活的工具，来表现一个时代的情感与思想。工具僵化了，必须另换新的，活的，这就是'文学革命'"，"所以我们可以说：历史上的'文学革命'全是文学工具的革命。"

胡适给梅觐庄写信阐述他的这些新见解，这次得到了梅觐庄的赞同。从此以后，胡适从中国文学演变的历史得出中国文学解决的方案。他在一首《沁园春》里写道："诗必由衷，言须有物"。

1916年6月，胡适跟任叔永等人又谈论了改良中国文学的方法。这时胡适有了用白话作文、作诗、作戏曲的主意。他认为文学不应该是少数人的私产，而应该普及到大多数国人。梅觐庄反驳这是功利主义。

有这样一件趣事。任叔永一班人去凯约嘉湖上划船，结果靠岸时船翻了，还下起大雨。任叔永就写了一首四言《泛湖即事》长诗。诗中有"猜谜赌胜，载笑载言"等句子。胡适回信说"言""载"是死字，上句为20世纪的活字，下句为三千年前的死句，不相称。

任叔永不服气，回信说"载言载笑"是"三千年之语"，但能表达现在的情景，就可以用，而不是死语。梅觐庄也替他抱不平，去信说："先要研究我国的文字，才敢谈改革。"胡适见人家动了气，却偏要逗人家，就写了一首白话游戏诗给梅觐庄。开篇就是："人闲天又凉，老梅上战场。拍桌骂胡适，说话太荒唐。"

之前的争论，胡适后来也意识到是他年少气盛，让朋友难堪了，引得朋友反感，而不肯好好考虑他的见解，走向反对他的道路。

但也因为朋友反对他，让他更坚定了实验白话诗的决心。胡适对他的朋友，只有感激，并没有怨言。

有一天，胡适正在窗口吃午餐，窗外长林乱草。胡适忽然看到一对黄蝴蝶在飞来飞去，一会儿都飞走了。他心里很有感触，一种寂寞的情怀涌上来，所以就写了一首白话诗，题目叫《蝴蝶》："两个黄蝴蝶，双双飞上天。不知为什么，一个忽飞还。剩下那一个，孤单怪可怜。也无心上天，天上太孤单。"

这种孤单的情绪似乎是他追求文学道路的一种心理写照。但回想起来，跟朋友的切磋往来，让他的文学主张经过了几层变化，逐渐"结晶成一个有系统的方案"，让他寻出了一个光明的大道。

胡适决定给自己写的白话诗，出一本诗集，就叫《尝试集》。他决心写白话诗，一半是因为跟朋友讨论的结果，一半是因为受实验主义哲学影响的结果。

1916 年 10 月，胡适写信给陈独秀，提出八个改变文学现状的条件。不到一个月，他又写了一篇《文学改良刍议》。一份由《留美学生季刊》发表，一份在《新青年》发表。这八个条件排列如下："言之有物、不模仿古人、须讲求文法、不做无病呻吟、务去滥调套语、不用典、不讲对仗、不避俗字俗语"。

这八个条件，就是对于今天从事文学创作的人来说，依然有着非常现实的意义。走到这一步，胡适已经不再言辞激烈，反而变得很谦虚了。

陈独秀见了胡适这篇《文学改良刍议》之后，完全赞成他的主张。他接着写了一篇文章，正式将胡适的主张在全国范围内进行了推广。

Step 7

虽然时代不同，但是人心同理。胡适先生的成长历程，同样能够给我们现代人的成长带来积极的意义。

胡适的母亲二十三岁就成了寡妇，带着三岁零八个月的儿子，做了当家的后母。这个家并不宽裕，靠着胡适的二哥在上海经营调度。胡适的大哥是个败家子，赌博、抽鸦片，钱到手就花光。每年除夕他们家里都坐满了上门讨债的人，最后全靠母亲来应付债主。

母亲在这样的家庭环境里，把全部希望都寄托在儿子身上。天刚亮胡适就被母亲喊醒了，母亲会跟他说昨天做错了什么事，说错了什么话，要他自省。

胡适在家乡上的私塾，别的孩子每年只交两块钱的学费，但胡适的母亲多出了几倍的学金，最后加到一年十二块钱。为的就是让先生给胡适讲书。那些难懂的四书五经，在先生逐句讲解之下胡适都学通了。这样的学习方式让胡适从一开始就爱上了读书，并受用终生。

我们能够从胡适的这段童年学习经历中看出，胡适的母亲不仅懂得如何教育儿子，还深谙人情世故。比别人多出一点儿学金，买来更细心、更优质的教育，这种见识，已经让孩子赢在了起跑线上。

母亲事事忍耐，宽容又仁慈，这种为人处世的方式直接影响了胡适的性格，让他形成睿智、宽容、儒雅的文人气质。

在一个家庭中，如果家人都好读书，有见识，那么这个家庭中的孩子基本也会如此。胡适的母亲从小就跟胡适强调要他跟自己的父亲学习。

在胡适母亲的记忆里，对丈夫最初的印象，始于她十四岁那年去姑妈家看神会。在那年的神会上，有一位被乡邻尊称为“三先生”的人被高频率地提起，因为三先生回家过年，吓得赌场和烟馆都关门了。

这位三先生就是胡适的父亲。他在百忙之中抽空教新婚的妻子读书识字。在小胡适不满三岁时，又用教妻子识字的红纸方字来教胡适识字。这些红纸笺被胡适的母亲终生保存着，这是他们一家三口最珍贵的回忆。

而胡适先生思想上从“拜神者”到“无神论者”的转变，则跟他读到的书有关。

在胡适十一岁时，有一天温习朱子的《小学》，读到司马光一段论地狱的话，说：“形既朽灭，神亦飘散，虽有剉烧舂磨，亦无所施。”他豁然开朗，不再相信地狱的存在了。不久后，又读了二哥推荐给他的《资治通鉴》。其中有一段引自范缜的《神灭论》：“形者神之质，神者形之用”，“神之于质，犹利之于刃……未闻刃没而利存，岂容形亡而神在哉？”

这一段把形跟神的关系比喻成刀子和刀口的锋利，刀子不在了，刀口的“快”也就没有了。因为这段话，胡适彻底成了一个无神论者。

在求知的道路上，当你处于思想变化的时期，恰好又接触到让自己深受启发的著作，这是人生的一大幸事。胡适的二哥在读书方面对他的指导，无疑是眼光独到、极有见识的。

胡适在十四岁到上海求学时，同样是二哥给他带来梁启超等一派人的著作，在少年胡适的心里播下了文学的种子。

而胡适在读中国公学时参与的《竞业旬报》的编辑、撰稿工作，不仅给了他一个发表思想、整理思想的机会，还让他在一年多之内都保持着白话作文的训练。这种训练使他在七八年后，成了中国文学转型变革的开路人。

然而英雄不会一直所向披靡。家中生意经营失败，使得胡适停学一年多，转去教书赚钱补贴家用。也是这时候，他经历了人生中非常低迷、消沉的一段时期。但好在被关进巡捕房的经历让他幡然醒悟，这才有了后面苦下功夫投考留美官费生的胡适。

留学美国的胡适深受实验主义哲学的影响。他长期就白话文和古文跟梅觐庄等朋友进行讨论，让他得以整理自己的思想，形成一个系统。最终于1916年10月中旬，提出了改变中国文学现状的八个条件，很快写成了《文学改良刍议》发表在《新青年》上，在国内掀起了轰轰烈烈的文学浪潮。

胡适先生留下一句流传甚广的名言："容忍比自由更重要。"他终生都在践行着这句话。对待乡下的妻子，他不离不弃；对待朋友，他慷慨大义。

这样一位宽容的朋友，一位伟大的思想者，将一直闪烁在历史的星空中，照耀着我们这些后来者。

Chapter 3

城堡·探索自我是我们一生要走的路

『一场对自我的探索，每个陷入孤独、恐惧和迷茫的人都该读一读。』

《城堡》是卡夫卡长篇小说代表作，自初版以来，已经被翻译成十几种文字，被誉为“后世无法逾越，非读不可的小说经典”。小说从始至终都被一种冷清的、神秘的氛围笼罩着，情节和人物都极其荒诞，但是寓意深刻，卡夫卡借以告诉世人：人们所追求的真理，不管是自由、公正还是法律，都是存在的；但这个荒诞的世界会给人们设置种种障碍，无论你怎样努力，总是追求不到。

Step 1

弗兰兹·卡夫卡，世人皆承认他是罕有的文学奇才，英国诗人奥登曾如此评论卡夫卡：“就其所反映的时代而论，他可以同世界文学史上三位伟大文学家但丁、莎士比亚和歌德相比。”日本作家树上春树甚爱卡夫卡的作品，甚至把自己的一本小说命名为《海边的卡夫卡》，用以致敬心中的偶像。

20世纪中期，卡夫卡之风由远及近传入国内，影响了一批“文青”。高晓松在一档节目中谈到卡夫卡时说，“在那个没有富二代、没有小鲜肉的年代，一个男生如果没看过卡夫卡的作品，连女生都追不到”。

可见，卡夫卡的作品是值得拜读的经典，没有卡夫卡，文学世界怕是要失色许多。然而这位获得后世颇丰赞誉、备受追捧的作家，活着的时候，默默无闻人不红，大部分作品也未公开出版。论其原因，就不得不说说生活把卡夫卡塑造成了一个“隐形抑郁者”：白天总是温和开朗，夜晚却独自与焦虑抑郁为伴。

卡夫卡出生在捷克的一个犹太商人家庭，未受穷困之苦，苦的是家庭关系。在《致父亲的信》中，卡夫卡曾把父亲称为“坐在靠背椅里主宰世界”的“暴君”。童年时，卡夫卡惧怕父亲，成年后，仍是躲着父亲走，似乎他永远不能让父亲满意，而他的爱好父亲从来也不看好。

何以解忧？唯有写作。卡夫卡把业余时间全部献给了写作。他不为发表成名，也就不用顾忌别人怎么看，只是铺开纸张，书写自己内在的感与思。对于自己的文字，不管是信件还是小说散文，卡夫卡都认为没有留存的必要，他甚至嘱托好友布洛德在他辞世后，将他所写文字统统付之一炬。好在布洛德“背叛”承诺，将卡夫卡的手稿整理出版，才有机会让全世界读者被卡夫卡的作品“惊艳”。

对于卡夫卡作品的研究大致有三种：一种从宗教角度解读，一种由心理学观点阐释，也有人将其看作民族危机的讽喻。

整理卡夫卡手稿的好友布洛德就把《城堡》与神的慈悲联系起来；心理分析学派则用“俄狄浦斯情结”论证卡夫卡与父亲之间的关系——《审判》中的法庭象征父亲的绝对意志；而从社会学观点看，《城堡》里 K 的困境则暗示犹太民族当时遭受“排忧主义的侵害”。

正如一千个读者心中有一千个哈姆雷特一样，或许不同的读者心里自有见解，究竟以怎样的角度解谜，是每个读者的权利和乐趣。现在，我们的解谜之路正式开始。《城堡》将带领我们进入一个虚虚实实、真真假假、现实与荒诞相生的天地。

主人公 K 千里迢迢来应聘，他本以为今后可以以土地测量员的身份在此安居乐业。然而，他一到达就被告知——没有城堡当局获准的合法身份，任何人不得留在村中。

K 本来以为进城堡为自己争取到合法身份不是难事，可实际上却难于上青天。城堡就在眼前的一座小山上，看着并不遥远，然而 K 却连城堡门口都无法到达；听说村里来了位当局的主管老爷克拉姆，可K想尽办法也见不到这位老爷一面。

当局有众多部门，部门里坐着许多管事老爷，老爷们每天很忙，桌子上的文件堆积如山，如此长年累月地忙，忙来忙去也很难搞清楚到底需不需要聘用一个土地测量员。

“顺从光荣，抗争可耻”是这里的风俗，比如当官老爷的情妇是求之不得的福分，而拒绝恩宠的人则被视为不要脸。因此在村民眼里，为自己奋斗的K是一意孤行的危险分子，活在人群中的K，受尽冷眼，不被理解。

在抗争的路上，K遭遇了突如其来的爱情，一夜之间有了未婚妻。可K与弗丽达之间，究竟是一见钟情还是被对方身上的可利用价值诱惑，很难理得清。

K曾经希望通过信使巴纳巴斯向城堡当局传递意愿，后来才得知巴纳巴斯压根见不到主管官员，而他曾收到过的所谓上方信件也不具备官方效力。

一次又一次的抗争，屡试屡败，每一次尝试，不但没有靠近成功，脚下的路反而越来越难走。K还能坚持多久？这种坚持又是否能换来想要的结果呢？

Step 2

K 到达时，夜色已深。黑夜包裹住了覆雪的村子。他走进大桥旁的一个饭店。老板告知 K 没有空房可提供，不过愿意让 K 睡在大堂里。

然而 K 没睡多久，就被一位城堡主管的儿子施瓦尔策吵醒，他向 K 介绍：这个村子属于城堡，因此未经城堡主人伯爵大人的许可，任何人不得在村里居住或过夜。听闻此话，K 表示自己愿意现在去向伯爵大人讨要许可。施瓦尔策却嘲笑 K 的想法是无稽之谈，并命令 K 立即离开。

K 没有乖乖听令，而是亮出了自己的身份，说自己是伯爵招聘来的土地测量员。对于 K 的说法，施瓦尔策将信将疑，立刻往城堡里拨电话验证，那边给了否定确认。一时间喝酒的农民们、饭店老板娘、施瓦尔策向 K 围拢过来，仿佛下一秒就要动手将 K 扔出去。

恰在此时，办公室主任打电话来说明：K 被任命为城堡的土地测量员确有此事。虽然局势逆转，施瓦尔策等人是不能驱逐他了，但 K 也在心里做着打算，无论如何都要尽快和城堡当局要来一份能在此安居乐业的官方认证。

第二日，走出饭店，在晨曦中 K 才看清了山上城堡的轮廓。由远处看去，城堡并不如想象中豪华高耸，而是由许多鳞次栉比的低矮建筑组成，看起来倒像是一个不起眼的小镇。

踏着厚厚的积雪，K 费力地向城堡靠近，越是靠近，越觉得失望，眼前尽是寒酸的石头房，这样的景象与 K 的家乡也没多大差别。

走着走着，K 遇到一群小学生与一位小个子男教师。K 先向教师打招呼问好，可教师对这个外乡人态度冷淡，更没有兴趣接受 K 的拜访。

然而接着走下去，K 大失所望，这条漫长的大路并非通往城堡所在的山上，而是捉弄人一般地拐了弯。城堡近在眼前，却无法再靠近一步。

等 K 再回到大桥饭店门口，天色竟然完全黑了下来。一个身形敏捷的小伙子向 K 递出一封信。此人自我介绍是信使巴纳巴斯，而他带来的是第十办公室主任克拉姆大人的给土地测量员的信。

信中写道：土地测量员的直属上司是村长，具体工作与薪资和村长商谈。尽管如此，克拉姆本人还是会在百忙中关怀 K 的情况。信使巴纳巴斯会不时了解 K 的所思所愿，并及时禀告给克拉姆大人。

K 认为克拉姆大人在信中向他暗示了两条路：一条是做一名同城堡有着说起来光彩、实则只是表面上联系的农村工作人员，而另一条路是做一名仅仅是表面上的农村工作人员，事实上却由巴纳巴斯带的信息来决定他和城堡的全部工作关系。换句话说，是在当局和村民之间，选择与哪一方更“亲近”。

K 没多做犹豫就选择做一名乡村工作人员，他让巴纳巴斯将他感谢被录用的口信带回城堡去。可巴纳巴斯刚一走，K 就追出了门。

K跟着巴纳巴斯在黑夜中穿行了一会儿，走进一间昏黑的屋子，发现自己被巴纳巴斯带错了路。原来K以为回报口信的巴纳巴斯能混进城堡，然而巴纳巴斯却把K带到了自己家。

屋子里住着五口人，巴纳巴斯的姐姐奥尔加和妹妹阿玛莉亚，以及病痛缠身的父母。K不愿在此久留。当奥尔加说要到饭店去取酒，K便抓住机会跟随而去。

奥尔加所说的饭店，并非K昨夜栖身的大桥饭店，而是另一家名为贵宾楼的饭店。所谓“贵宾楼”即是城堡中的老爷们的专用场所。

酒吧女郎是一个名叫弗丽达的姑娘，她身材瘦小，目光却格外高傲。K主动问弗丽达，是否认识克拉姆大人？弗丽达毫不掩饰地告诉K，自己恰是克拉姆的情人。

K抓住了弗丽达的虚荣心，先是奉承她的奋斗史，又说今后想与弗丽达一起共创未来。待众人散去，K与弗丽达在酒吧间的地上滚了一夜。凌晨时分，K听到克拉姆呼唤弗丽达的名字，而弗丽达大声地喊道：“我在土地测量员先生这儿！”

此刻，K清醒过来，在与当局的对阵中，他理应小心翼翼步步为营，可现在一下子全暴露了。原先的打算泡汤，K感到茫然失措，可弗丽达却不觉得，她有了新情郎K，由此生出一份喜悦，决定跟随K的脚步。

Step 3

激情又混乱的一夜过去，弗丽达选择跟着K离开贵宾楼，回到大桥饭店局促的女佣房间。老板娘认为弗丽达跟了K是吃了大亏，K说为了弥补弗丽达会尽快结婚，但办婚事前他有一件必须要做的事，那就是同克拉姆大人谈谈。

“异想天开，不可能！”老板娘如此回应了K的话，接着她说明了不可能的理由：克拉姆是城堡里的官老爷，是了不得的大人物，而K既不是城堡里的人也不是村里的人，仅仅是一个无足轻重的外乡人，总而言之，K不具备和克拉姆大人谈话的资格。

不仅如此，克拉姆从没有和村里的任何人说过话。即便是受宠的弗丽达，克拉姆也没有同她说过什么话。如今弗丽达跟了K，连被召唤名字的可能性也没有了。

K并不认同老板娘的话，K的固执惹恼了老板娘。她甚至威胁K说，要是她把K赶出去，那么K在村里连个睡觉的狗窝都找不到。

K没有被吓唬住，他说自己有后路，至少巴纳巴斯家的门为他敞开。听到巴纳巴斯的名字，老板娘和弗丽达都显得异常激动，就像是K险些从那里沾染了可怕的病毒。老板娘更是说，假如K真的在那过了夜，就得马上离开酒店。

谈话就此不欢而散，K急着出门去见村长。

来到这里几天，K 渐渐总结出了和城堡有关部门打交道的规律：主管部门表面上是放任他到处转来转去，给了他小小的满足感，实际上是变着法消耗他的精力，让他过着非官方、说不清道不明的日子。

此前巴纳巴斯带来的信里提到，村长是土地测量员在村里的直属领导，那么他就该来和村长申领生存保障。村长得知 K 的来意，却说出一个遗憾的事实：村里根本不需要土地测量员。

听闻此言，K 大吃一惊，千里迢迢而来，村长的一句话就将他所有的期许化为泡影，这实在令人无法接受，此刻他只希望村长刚才的话是个误会。

多年前，村长刚刚上任，曾收到过 A 部门下发的招聘土地测量员的文书。村长答复上层，这里不需要土地测量员，然而答复文件没有送到当时下达命令的 A 部门，而是被送到了 B 部门，确切地说，复文不知丢到哪去了，B 部门收到的也只是装有“关于聘用土地测量员”字样的空封套而已。

文件辗转的时间太久，A 部门已经忘记了招聘这回事，而收到空封套的 B 部门的主管索迪尼一向以认真与多疑著称，他要求村长必须把相关材料补齐。

为了汇报解释，村长和索迪尼通了许多信，仍无法使索迪尼相信。而索迪尼又不愿被他人发现做事不完美，不肯去别的部门问询，自己派人到村里搞起了查询会，开始了没完没了的讨论。最后是监察部门发现了这个长久积累的小差错，才给事情做了一个了结。

说来说去 K 明白了，目前的结论就是，一切尚不明确，也无法解决。用村长的话说，既没有人挽留K，也不等于要撵走他。

一时别无他路，K只好先回到大桥饭店。饭店老板在门口迎着K，他说自己的老婆被K气得起不了床了。

见了K，老板娘打开了回忆的匣子，原来如今看起来人老珠黄的老板娘，在多年前竟也做过克拉姆的情人。

在老板娘的自述中，克拉姆只叫了她三次，这之后就再也没有被召唤过。她想不明白“恩宠”为何突然中断，日日为此伤心流泪。

在她深陷痛苦中时，善良的汉斯来到她身边，两人由此走近。再加上当时的饭店老板——汉斯的舅舅已无力经营，毅然要把饭店转租给两人，她便和汉斯结了婚，一手打理大桥饭店。

白天在饭店里忙前忙后顾不上想，晚上睡不着想不通，老板娘就叫醒汉斯一起讨论为什么克拉姆不再召唤她。这样的日子年复一年，成了生活日常。

老板娘试图用自己的亲身经历向K昭示——她的过去就是弗丽达的现在，K抢走弗丽达就是将其推向了不幸，克拉姆会将弗丽达抛之脑后，而K也休想借助这层关系见到克拉姆。

话说到这，问题又转回到了K身上，老板娘便问K，见克拉姆究竟是想要求什么。K回答，他想听听克拉姆对他与弗丽达结婚的看法，提什么请求视谈话的情况而定，重要的是能有机会与克拉姆面谈。

见K这般执意不改，老板娘便说自己会通过各种关系把K的意愿递交上去，但她要求K在得到回复前不可擅自行动。

Step 4

教师上门来，在K意料之外。刚来村里那天，K路遇这位教师，允诺改日登门拜访，K以为教师是因他失约而上门怪罪，实际上教师却是受村长委托而来。

据教师所说，考虑到K目前尴尬的处境，在等待城堡有关部门做最终裁决的这段漫长时间里，村里愿意为K提供学校勤杂工的工作。

这位男教师一再强调，此事完全是村长为K着想做出的临时性安排，而他自己是万万不同意的，因为学校并不缺打杂的人。现在的问题是，K是否接受这个职位。

K毫不犹豫地拒绝了这种安排，并和弗丽达说了他的决定。可一听完K的话，弗丽达马上跑了出去，将教师先生请了回来。

原来饭店老板娘因为之前与K的谈话已大动肝火，不能容忍K继续住下去。弗丽达明白眼前接受学校的差事，便正好有了落脚处。

K听了弗丽达的话，点头同意接受勤杂工的职位。见K默认，教师以傲慢的口吻交代了一些日后K要完成的工作内容，并要求K和弗丽达尽快将两人关系合法化，以免给学校带来不良影响。

于是弗丽达便提出希望能拿到预付工资以便完成婚礼的想法。可教师明确表示，如果他向村里打报告，此事有可能，但他不愿这么做，因为在他眼中，K 是一个品行有问题的人。

话已至此，也就到了无话可谈的地步。教师见 K 不再回应便转身离去。而 K 也不想在这间憋人的屋子再待一刻，弗丽达没有问 K 要去哪里，她知道就算自己拦着，K 也一定会去。

K 再次来到贵宾楼，他想碰碰运气，或许克拉姆就在此处。

此时天色刚暗下来，酒吧间里没有亮灯，摸着黑，K 划亮一根火柴，酒吧间的新服务员佩碧被亮光扰醒，问 K 为何而来。K 托词说弗丽达有块喜欢的桌布落在了克拉姆常坐的房间里，以此套出了一个重要情报，克拉姆此刻不在那间屋子里，而是马上要离开贵宾楼。

听了这话，K 三步并作两步赶到后院，打算截住克拉姆。当 K 小心翼翼靠近雪橇，却发现只有车夫等在那里。

车夫让他打开雪橇的车门，取一瓶酒。K 照做了，可门一打开，就忍不住坐进了属于官老爷的温暖雪橇中畅饮起来。

正在这时，一位年轻的先生走到雪橇前，“这太不像话了”，显然他不太满意 K 的做法，并命令 K 跟随他离开，K 却无动于衷。

眼见 K 不听话，年轻的先生索性让车夫把马上的套具卸了，放任 K 等下去。K 觉得仿佛争取到了前所未有的自由，在被禁止的地方爱等多久就等多久，没有人撵他走，可同时这种等待又似乎是和周围切断了联系，仅有他被丢下了，显得荒谬又绝望。

苦等无望，不知究竟何时克拉姆才出现，K 决定返回贵宾楼。刚进门，就被引到了那位年轻的先生和大桥饭店老板娘的跟前。

那位先生埋头于手上的文件，并发话要求 K 配合他提供一些情况，以便完成对卷宗的补充。他自我介绍说名叫莫姆斯，是克拉姆大人的村秘书，负责处理本村相关的公文上报克拉姆。

听闻此言，K却不觉得莫姆斯有多了不起。他的目标是要见到克拉姆本人，而不是克拉姆的跟班。

“我以克拉姆的名义要求您回答问题。”莫姆斯没料到K不买他的账，便试图搬出来克拉姆压制K。

这时大桥饭店的老板娘也插嘴助阵，她坦言说来贵宾楼就是为了向村秘书汇报K的所作所为。她告诉K，如果真的想见克拉姆，配合村秘书做记录就是唯一有机会的通路。可在K眼中，寄希望于莫姆斯不仅不是唯一的路，还很有可能是条死路。

K没再理会莫姆斯和老板娘，径直走出了贵宾楼。

K在黑夜中前行，遇到了信使巴纳巴斯，他带来了克拉姆大人的第二封信。

信中，克拉姆肯定了K迄今为止所做的工作，赞扬了两个助手，并鼓励K再接再厉，而他本人将继续关注K的情况。这封与真实情况南辕北辙的信让K倍感焦躁，明明他还没着手开始工作，何谈褒奖呢？这说明克拉姆了解到的情况有误，当务之急，应该立即把实际情况反映上去，并尽快得到面谈的机会。

Step 5

当K由贵宾楼无功而返来到学校与弗丽达相聚时，满眼一片凄凄惨惨。学校仅有两间教室，K被允许睡在其中一间。但这里没有床也没有被，只有一个草垫子。空有炉子，柴火却被锁在门外的木棚里，没有教师的允许不得取用。

K早已冻得浑身僵硬，若不生火取暖无法抵抗寒夜。K决定“违规”，撬开木棚，抱来柴火，才得以卧在草垫上睡下。

天刚亮，一波又一波的麻烦接踵而至。首先，学校的女教师因为发现自己养的老猫脚上有伤而向K发难，她拿着猫爪在K的手背上抓出一道血痕才算罢休。

紧接着，本就不待见K的男教师发现有人擅自取用柴火，抓住这个违反规定的由头，当即宣布K被革职。K却反驳说，职务是村长任命的，男教师的解雇令无效，拒绝搬出学校。见K拒不服从，男教师一时奈何不了，只得任K留下，自己搬去另一间教室上课。

教师一走，K马上态度坚决地赶走了两个助手。

就在K以为事情会顺利一点的时候，没想到接下来发生的事让弗丽达与他心生嫌隙。

一个小男孩儿主动跑来帮助K干活，当男孩提到他生病的母亲来自城堡时，K立即说自己懂一点医术，希望能登门帮男孩的母亲诊治。男孩走后，弗丽达一副心事重重的样子。在K的追问下，弗丽才说，大桥饭店老板娘曾对她说：初来乍到的K之所以一夜之间就与弗丽达走到了一块，全是因为K认定拥有弗丽达就拥有了和克拉姆大人谈话的筹码，这也意味着“克拉姆情妇”的身份是弗丽达身上的唯一的价值。

弗丽达坦言，老板娘的话之前她全然不信，但刚刚看着K与小男孩的谈话，K对小男孩的亲切与K初见自己时如出一辙，说明K是把小男孩的母亲当成了下一个可借力目标，也代表着K将弃她而去。

听完这些质疑，K安抚弗丽达，酒吧一夜完全是两个人发自内心的忘我结合，他要见那个孩子的母亲只因她对城堡有所了解，K想请她帮忙指路，不愿错失一线希望。K的解释似乎未能使弗丽达安心，但他此时心里正着急上火，昨天他嘱咐巴纳巴斯务必一早就去城堡传递口信，若是一有反馈就来学校找他，可一整天也没盼来人影。尽管知道弗丽达会有意见，K还是决定亲自去巴纳巴斯家看看情况。

巴纳巴斯不在家，他的姐姐奥尔加对K说，她怀疑巴纳巴斯实际上见不到克拉姆本人。比如，那两封带给K的信，并非克拉姆当场亲自书写，而是一个基层小文书从数量惊人的卷宗里随便抽出来给了巴纳巴斯。

这番话在K听来是奥尔加绕着弯为自己的弟弟开脱，言下之意是年纪轻轻的巴纳巴斯应付不了城堡里的老爷们，所以K不能怪罪他没能及时传递信息。

但奥尔加接着说，自己并非此意。在这个村里，没有人比巴纳巴斯更希望做好信使的工作，就算没一分报酬，巴纳巴斯也愿意去城堡当差。

这究竟是何原因呢？

一切的起因要从三年前村中的一场消防表彰会说起。巴纳巴斯的父亲因为在消防工作中表现突出受到城堡当局的奖赏，全家人更是打扮一新出现在表彰会上。

就在会场上，一位名叫索迪尼的城堡官员为阿玛莉亚的外貌倾倒。第二天，索迪尼派人送来一封信，可这并非一封热情洋溢的情书，而是内容下流粗鄙的委身命令。阿玛莉亚当即撕碎信，扔到了信使脸上。从那之后，巴纳巴斯一家就没好日子过了。奥尔加与那些官仆在马厩厮混才换来让巴纳巴斯进城堡当差的机会，然而日复一日，巴纳巴斯还没等到时机递上“申诉状”。

听完巴纳巴斯家的故事，不觉已是深夜，K 发现一个被解雇的助手竟跑来监视自己。K 气愤追出门外想问个究竟，却在路上遇到了巴纳巴斯，他为 K 带来了一个紧急通知，克拉姆的秘书艾朗格要在贵宾楼召见 K。

Step 6

K 赶到贵宾楼时，楼外已经围了很多等待被深夜召见的人。

没有谁因为得三更半夜候在冷风中发出半点抱怨，众人反倒对此心存感激，因为按照规章制度来说，作为高级秘书之一的艾朗格本没有屈尊亲临本村的义务，百忙之中抽空夜间办公完全是出于艾朗格个人的高度责任感。

第一批被获准进饭店被召见的人是 K 和车夫。他们跟着管事进入客房部，走进一条狭长低矮的走道，走道两边是许多看起来一模一样的房间。

管事在艾朗格住的门前停住，告知 K 和车夫，此刻艾朗格在睡觉，他们需要在过道里候着秘书老爷醒来。

当 K 在走道里百无聊赖张望时，意外看到了弗丽达。原来此时弗丽达已回到贵宾楼工作。虽然她现在只是客房的女招待，但老板已许诺很快就让弗丽达回归酒吧间。

K 问弗丽达，就快结婚了为何又要回酒吧工作。弗丽达说不会有婚礼了。言下之意，她决定与 K 分手，而分手的原因是认为 K 变心了。对于不忠的指控，K 解释自己没打招呼跑去巴纳巴斯家绝不是与那里的两个姑娘相会，而是为了关系到他与弗丽达的共同未来等待回音而去。

弗丽达告诉 K，她现在与耶米利亚——K 厌恶的助手之一住在一起。话已至此，K 便明白，他与弗丽达走不下去了。

K 独自徘徊在寂静的走道里，老爷们似乎都睡了，困顿此刻也席卷了 K，他很想找个空床好好睡一觉。

K 推开了一间客房门，里面的客人先是一惊，而后露出头来。这位客人是城堡里一位主管大人属下的联络秘书，名叫比尔格。被 K 惊扰，比尔格没有大发雷霆，反倒同意 K 坐到自己的床沿上来。

比尔格如此“宽容”，源于自己的睡眠特点，按他的话来说，照常入睡很难，反倒是与上访百姓交谈时最容易睡着。

承蒙比尔格秘书照顾，K 倚在床沿，很快就处于半梦半醒的状态中。比尔格自然不会放过身边这个“催眠物”，不管 K 是不是有力气作答，开始了长篇大论的问询。可精疲力竭的 K 被困意控制着，根本没听。

这时，隔壁房间传来敲击声，命令 K 立即过去。原来一墙之隔就是艾朗格的房间，显然是比尔格没完没了的声音吵醒了艾朗格。

离开比尔格的房间，仍是昏昏沉沉的 K 见到了艾朗格。没等 K 说话，艾朗格就宣布了他的命令：弗丽达必须马上回到酒吧工作。这个要求是有官方依据的，克拉姆大人习惯于弗丽达在酒吧伺候，换了新服务员很可能对克拉姆的生活造成干扰，所以 K 必须识大体忽略个人情感，同意弗丽达回到酒吧伺候克拉姆大人。

听到这个命令，K 知道自己之前的全部努力都泡汤了。他的地位过于低微，一切好的坏的命令都可以无视他的存在，面对不利局面除了听人发号施令还能怎样？更倒霉的是现在他困倦无比，没有多余的思考反应，就这样眼睁睁看着艾朗格给了他当头一棒后离去。

回到饭店的K倒头便睡，当K睡醒时，看到的人是佩碧。从低贱的客房女招待晋升到酒吧女郎，佩碧一度以为自己灰暗的人生有了起色，可一眨眼工夫，弗丽达恢复原职，佩碧就只能回到客房部阴暗狭小的屋子里。

经历这样的忽起忽落，佩碧提出，同是天涯不幸人，应该相依为命，她愿意在自己的狭小房间里给K腾出一个床铺。或许是期待着能留在贵宾楼再找机会，或许是已走投无路，K答应了这份邀请。

《城堡》原作至此戛然而止。K后来是怎样生活的？是否如愿走进了城堡呢？

卡夫卡曾和好友马克斯·布洛德说过这样一种结局：K，这个名义上的土地测量员得到过部分的满足。他坚持不懈地斗争，最终因心力衰竭而死。在他弥留之际，城堡当局终于有了决定，这个决定虽然没有赋予他在村中合法居住的权利，但考虑到某些原因，准许其在村里生活和工作。

Step 7

城堡，作为一种古建筑形式在西方国家并不罕见，它总是与至高无上的权力相联系。

位于捷克的布拉格城堡，曾是捷克王室的居住地，现今则是总统与政府部门的办公地点。作家卡夫卡的故居就在这城堡建筑群的一处低矮民房里，卡夫卡生前常在这周围散步，他将自己眼中的城堡写进了小说中，取名为《城堡》。

《城堡》所讲述的故事并不复杂，可以用一句话来概述：土地测量员 K 先生想方设法力图进入城堡，却始终未能如愿。

土地测量员 K 来到城堡当局管辖下的村里求职，他所面临的首要目标是进城堡为自己争取一份生存许可，在此工作、生活都必须获得城堡里的官老爷点头认可。

因为是外乡人，K 原本不知道这是无解的难题。要许可得进城堡，进城堡得经过官老爷批准，要获得批准得见到官老爷，而官老爷身份高贵，不是平民想见就能见到的。显然，这是一个封闭的死循环。

《城堡》是个悲剧，尽管卡夫卡没有写出尾声，我们也已对 K 的命运心知肚明，他终究不能如愿以偿，城堡永远不会对 K 这样的外来客、局外人敞开大门。

《城堡》写于 1922 年，彼时距离卡夫卡生命的终曲只剩最后两年。如果说之前的《审判》奠定了“卡夫卡式”小说的风格基础，那么作为遗作，《城堡》则是“卡夫卡式”风格的成熟与顶峰之作。

卡夫卡本人大概料想不到在他去世后，世界上刮起了“卡夫卡热”。那么卡夫卡作品的魅力何在？我想除了文学表现形式的异彩创新，更是因为卡夫卡抓住了人类的共同困境，人的异化与孤独。

《城堡》中的K先生面临生存之战，他必须想尽办法到达城堡，而前进之路无人相助，尤为“孤独”。

从一开始，K便是不受欢迎的不速之客，第一晚就险些被“驱逐出境”，接下来遇到的人不是避之不及就是冷眼相待，仿佛K身上带着某种不祥征兆。

K怎么就不讨喜呢？一位村民直言，这里没有热情好客的习俗，因为他们不需要客人。按照规章制度生活，听令于城堡当局发号施令才是行为准则，而K种种不合规矩的言行举止在村民眼中无疑是危险的。

K的身边没有志同道合的人，冷漠是活在人群中所感受到的最深层孤独。即便K突然拥有了未婚妻弗丽达，离婚姻很近，可那样突然的激情一夜终究拴不住幸福。

至于巴纳巴斯家和女招待佩碧，他们主动“亲近”K，或多或少都带着自己的目的，而内在诉求终与K有别，K是一个按照自己想法行动的人，而他们只是渴望在城堡当局允许的范围内活得舒服点。

卡夫卡在《城堡》里没有直白地写过“寂寞冷”，可我们能读出K所面临的困窘，一个坚持特立独行的个体，体验四面八方来风，只好与孤独同伴。

《城堡》的叙事没有明显的线性结构，现代主义鼻祖卡夫卡的笔力也不在于以热闹起伏的情节推动故事发展，书中的很多章节都是由大篇幅的人物对话构成，而这些对话又总是犹抱琵琶半遮面，把逻辑遮在字面之后，等着读者品读深思。

在人生旅程的某些时候，我们不也正如土地测量员K一样吗？每天醒来想着自己要到达一个地方，达成一个目标，我们为此花了力气，却困在原地。于是我们想，余生很长，此路不通，走另一条路，可惜这第二条路也并非通路，好在生命尚有余额，还有力气去走第三条试试……

或许每个人都要经历一段幽暗时光，且无人能伴，如何在想法与现实中寻找一条平衡的通路需要反复练习。最终究竟能不能抵达目的地，只好交给时间验证。

Chapter 4

麦田里的守望者·青少年成长手册

『每一个青春期的孩子，都应该读一读塞林格。』

麦家

20世纪必读英文书之一，中学和高等学校必读的课外读物。主人公霍尔顿的经历和思想在青少年中引起了强烈共鸣，因为他们有着一样的理想、苦闷和彷徨。

Step 1

对很多读者来说，塞林格本人就是书中那个叛逆又脆弱的“霍尔顿”的最佳代言人。他就像小说的主人公霍尔顿一样，一直在逃离这个世俗的世界。

他是叛逆的代名词，他的代表作《麦田里的守望者》成了全世界几代年轻人的精神读物，安抚着那些年轻又躁动不安的心。

在开篇部分，塞林格主要描写了主人公霍尔顿与潘西中学老师、室友相处的故事，对主人公霍尔顿的性格和生活现状进行了叙述。

作品一开头便以“我”的口吻指出：“我并不是要告诉你我整个的自传。我想告诉你的只不过是我在去年圣诞节前所过的那段荒唐生活。”

故事的开始是主人公霍尔顿独自爬到山顶去看自己学校潘西中学的主场球赛，但其实他一点儿也看不下去，因为他遇到了一些麻烦：

作为击剑队的领队，他不小心把比赛用具落在了地铁上，使全队失去了比赛资格，外加学习不用功，导致五门功课中有四门不及格，即将被学校开除。

在霍尔顿将被开除之际，他的历史老师斯宾塞先生表示想见一见他。于是霍尔顿看了一会儿球赛，便去找斯宾塞先生了。

在此之前，霍尔顿吐露心声说："我并不是在专心看球赛，我流连不去的真正目的，是想跟学校悄悄道别。……我不在乎是悲伤的离别还是不痛快的离别，只要是离开一个地方，我总希望离开的时候自己心里有数。要不然，我心里就会更加难受。"

在霍尔顿的眼里，斯宾塞先生是个自得其乐的小老头。"有些人老得快死了，就像老斯宾塞那样，可是买了条毯子却会高兴得要命。"

斯宾塞先生的形象及其房间的陈设和气味完全符合一个生病老人的情况，这些都使霍尔顿感到泄气。

谈话中，斯宾塞先生戳中了霍尔顿将因成绩被开除的痛点，还当面念了他的历史试卷。这让霍尔顿十分难堪，他甚至都有些恨斯宾塞先生了。

谈话结束后，霍尔顿回到宿舍。因为无事可做，他便窝在椅子上看书。就在刚打开书页的时候，住在隔壁的阿克莱来到了他的宿舍。霍尔顿不喜欢他，因为他的外貌和习惯，都让人无法接受。

阿克莱进入宿舍后一边和霍尔顿搭话，一边随意翻着霍尔顿室友斯特拉德莱塔的私人物品。而霍尔顿则只顾着继续看书，没有任何停下来同阿克莱交谈的意思。

这时斯特拉德莱塔冲进了房间，借走了霍尔顿一件狗齿花纹上衣，以便和女朋友约会。还让霍尔顿帮他写一篇作文。

比阿克莱好不了多少，斯特拉德莱塔也很邋遢，只不过他是属于"金玉其外，败絮其中"的那种，在外面把自己打扮得光鲜亮丽，私底下却十分邋遢。同时，斯特拉德莱塔还很自恋，喜欢长时间在镜子面前收拾打扮。

不论是阿克莱还是斯特拉德莱塔，霍尔顿都不喜欢。他觉得这些人都太虚伪了，每个人都活得那么“假”。

当霍尔顿得知斯特拉德莱塔的女朋友是琴·迦拉格时，他的心情糟到了极点。

原来他与琴是旧相识，直到现在，霍尔顿还保留着对琴的那么一丝好感。

在得知好色的斯特拉德莱塔将和琴约会时，霍尔顿感到烦躁。但同时他又很懦弱，除了内心烦躁，再没有过多的动作，而是不紧不慢地知会斯特拉德莱塔不要透露他被开除的事。

最终，没有约会的霍尔顿决定和朋友马尔去埃杰斯镇吃饭和看电影，还邀请了阿克莱同行。在马尔收拾打扮的时候，霍尔顿“走到自己的窗口，打开窗，光着手捏了个雪球”。他本来要把雪球扔到一辆停在街对面的汽车上，或者扔到一个救火的龙头上，但因为它们都很白很漂亮，霍尔顿便没舍得乱扔，只是关了窗，在房间里走来走去，把雪球捏得硬上加硬。

霍尔顿不愿意破坏生活中美好的事物，这是他善良的一面，也是他对这个虚伪的世界所做出的一种抵抗。

Step 2

马尔收拾完毕后，他们就一起去坐公共汽车了。公交车司机看到了霍尔顿手里捏着的雪球，要求霍尔顿把雪球扔掉才能上车。霍尔顿连连保证不会拿它扔人，但司机并没有相信他的话。

“人们就是不信你的话。”霍尔顿发出这样的感叹。

从小镇回来后，霍尔顿把讲着荤段子的阿克莱赶出了寝室，然后开始写斯特拉德莱塔拜托他写的那篇作文。

这篇作文要求描写一个屋子或者其他什么东西，但霍尔顿想不出什么屋子可以描写。于是霍尔顿索性描写起他弟弟艾里的垒球手套来。艾里有一头鲜艳的红发，人也非常聪明乖巧，只可惜因白血病而早夭。

霍尔顿非常喜欢他的弟弟，艾里死的那天晚上，霍尔顿用拳头把汽车房里所有的玻璃窗都打碎了，他的手也因此留下了后遗症。

霍尔顿对他去世的弟弟充满了惭愧。为什么这么出色的弟弟去世了，那些虚伪的人却还活着？这种惭愧完全延续到了妹妹身上，所以霍尔顿萌发了他要拯救妹妹，不被世俗污染的想法。

霍尔顿很喜欢弟弟妹妹，因为他们还保留着纯真和善良。作为哥哥，已经长大的他清楚地看到了社会的黑暗和人性的虚伪，因此更想倾尽全力守护妹妹心中的一方净土。只有世界上还保留着纯真，霍尔顿才不至于对这个世界完全失望。

霍尔顿写完作文后不久，斯特拉德莱塔便约会完回来了。斯特拉德莱塔的心情很不好，看过霍尔顿帮他写的作文后，更加剧了这份恼怒，气愤地挖苦霍尔顿：“你干的事情没一件对头，怪不得要把你开除出去。”

霍尔顿生气地把作文撕了，二人随即陷入了冷战。过了一会儿，霍尔顿试探着询问斯特拉德莱塔与琴约会的情况，当得知他们在汽车里度过了这次约会时，霍尔顿不安地追问有没有和琴在车里搞那事儿。而斯特拉德莱塔的回答，却是一句轻浮的“那可是职业性秘密，老弟”。

这个回答让霍尔顿彻底失控了！

对描写弟弟垒球手套的作文的不满，加上对琴的亵渎，霍尔顿的愤怒爆发了，二人甚至拳脚相向。但因为他们完全不在一个量级，霍尔顿被打倒在地，但仍然不甘示弱，通过辱骂发泄他的愤怒。

不休的骂骂咧咧让霍尔顿遭到了一顿揍，甚至被揍出了血。过了好一阵子，霍尔顿才从地板上爬起来。他走到镜子前，看见自己满是鲜血的脸，有些害怕又有些神往，这一片血污让他看起来竟有些像好汉。

若干年后，霍尔顿就此事发出了这样的感叹：“我这辈子只打过两次架，两次我都打输了。我算不了好汉，我是个和平主义者。”

霍尔顿离开房间，独自在寂静的楼道里走着。

就在此时，他产生了马上离开学校的念头，决定在下星期三被正式开除之前一直待在外面。对于被开除这件事，霍尔顿非常紧张，因此想要一次假期来缓解情绪。

对于此次旅行，霍尔顿这样计划：

1. 把宿舍里的东西收拾好。

2. 把手头所有的钱都找出来带上。

3. 把借出去的打字机便宜卖掉继续集资。

4. 在下楼前大喊：“好好睡吧，你们这些窝囊废！”

结果霍尔顿刚下楼梯，就因为踩到花生壳而差点儿摔断脖子。

在乘坐开往潘恩车站的火车时，霍尔顿遇见了他的混账同学欧纳斯特·摩罗的母亲。

在两人交谈的过程中，霍尔顿谎话连篇，先是隐藏自己的身份，接着把欧纳斯特奉承为一位“众人爱戴又腼腆谦虚”的好孩子。而这位优雅的母亲，则适时地摘下手套，向霍尔顿展示“她戴着一手的宝石哩”。

对此，我们不由得心生疑问：霍尔顿厌恶虚伪，却恭维一个炫耀宝石、炫耀儿子多么优秀的女人。这不是很矛盾吗？

实际上，霍尔顿所展现的天真的叛逆，本身就隐含着难以持续，并可能转化成顺从的因素。

霍尔顿把母亲对孩子的认知偏差理解为母爱的错觉，因而能够接受，甚至感觉不错。

Step 3

才走到潘恩车站的霍尔顿就开始忍不住跟人联系。这也算是作者给“叛逆”划定的一个边界：“叛逆的终究是人，而人总是无法承受完全的孤独。因而‘孤独’是叛逆的边界。”

思前想后二十分钟，霍尔顿还是没想好要给谁打电话，于是他只好乘车前往旅馆。

途中，霍尔顿试图和司机搭话，问司机知不知道中央公园南头浅水湖里的鸭子，当湖面结冰后那些鸭子都去了哪里？但司机只当霍尔顿在开玩笑，不予回答。

对于大人而言，只有和自己利益相关的事才能得到他们的回应。小孩子的戏言，对他们来说毫无意义。大人的世界孩子进不去，孩子的世界大人也不了解。

到达旅馆开好房间后，霍尔顿无事可做，便站在窗边眺望旅馆的其他房间。这一看，霍尔顿惊呆了。

有个看样子很有身份的老男人，拿出了女人的服装。那是一副长筒丝袜、高跟皮鞋、奶罩，以及耷拉着两条背带的衬裙。随后，他穿上了一件腰身极小的黑色晚礼服，在房间里走来走去，像女人那样迈着极小的步子，还一边抽烟照镜子。

在他上面的那个窗口，霍尔顿又看见了一对男女用嘴彼此喷水，也许喷的是加冰的威士忌苏打。男人先喝一口，喷女人一身，接着女人也照样喷男人，他们就这样，轮流着喷来喷去。

霍尔顿说："糟糕的是，这类下流玩意儿瞧着还相当迷人，尽管你心里颇不以为然。"他承认"在我内心中，我这人也许是天底下最最大的色情狂。有时候，我能想出一些十分下流的勾当，只要有机会，我也不会不干"。

在性问题上霍尔顿并没有太大的定力。在旅馆待着的这段时间，霍尔顿试图招来以前认识的一个"不完全是个妓女，可也不反对偶尔客串一次"的女人。

霍尔顿身上充满矛盾，他一边厌恶着成人世界的虚伪混乱，一边又难以摆脱这种诱惑，也许对他而言，成长本身就是一个充满矛盾的过程吧。

在"召妓"未果后，百无聊赖的霍尔顿打算去楼下的夜总会紫丁香厅坐坐。而就在他换衬衫的时候，他想到了他的小妹妹菲苾，就想给她打个电话。

霍尔顿很爱他的妹妹菲苾。菲苾和艾里一样，聪明活泼，善解人意。

但霍尔顿害怕他的父母接到电话，所以还是打消了这个念头。

进入紫丁香厅后，霍尔顿遇到了一件非常扫兴的事——因为未成年，他不能买到任何的酒，甚至连掺一点儿在可乐里面也不行。随后，霍尔顿跟邻座的三位女士抛起媚眼，在与其中一位金发美女跳过舞后，霍尔顿为她们付了账然后离开。

霍尔顿在大厅坐了下来。他想起了琴，那个曾经和自己亲热，不久前却和室友在汽车里胡搞的女生。他的心情很糟糕，周围的一切都令他泄气。于是，霍尔顿回房穿了件大衣，然后打车去了另一家可能会有趣的夜总会。

霍尔顿可以说彻底沦为了一个不良少年：撒谎，召妓，进夜总会……

因为不喜欢原来的地方，不喜欢虚伪和规矩交织的世界，霍尔顿选择离开，但离开后，却没有他的容身之地。

他想找的东西还没有找到，或者，他根本没想好自己要去寻找什么。

在去往夜总会的汽车上，霍尔顿又问起了中央公园浅水湖里的那群鸭子，想知道它们在冬天都去了哪里。

询问依然无果，这次的司机比上一个要和蔼耐心一些。但随着霍尔顿的不断追问，司机也显得越来越不耐烦。

于是霍尔顿不再往下说了，他生怕司机会因为不耐烦把这辆汽车撞得粉碎。

霍尔顿总是会产生一些奇奇怪怪的疑问，在成年人听起来可能很幼稚可笑，但这也反映出霍尔顿对这个世界的好奇。而成年人在时间的洗礼和生活的磨砺下，很少还怀有对世界最初的好奇。

霍尔顿毕竟还是个孩子，虽然总想着长大，总愤世嫉俗看不惯很多事情，但孩子的本质，他并未丧失。

Step 4

时间很晚了，夜总会还是拥挤不堪。

在这里，霍尔顿听了老欧尼弹的钢琴曲，尽管他不喜欢，甚至觉得老欧尼把曲子糟蹋得一塌糊涂。但是，当观众发出“令人作呕”的掌声和欢呼时，霍尔顿又替钢琴家或演员们感到沮丧和烦闷。

塞林格写道：

“我可以对天发誓，换了我当钢琴家或是演员或是其他什么，这帮傻瓜如果把我看成了极了不起，我反而会不高兴。我甚至不愿他们给我鼓掌。他们总是为不该鼓掌的东西鼓掌。换了我当钢琴家，我宁可在混账壁橱里演奏。……我倒有点儿怪所有那些不要命地鼓掌的傻瓜——你只要给他们一个机会，他们会把任何人宠坏。”

在欧尼夜总会里，霍尔顿看到了很多粗俗不堪的人，其中还不乏名校学生。霍尔顿还遇见了他哥哥 D.B. 的某一任女友莉莉恩 · 西蒙斯——一个虚伪做作的女人。

为了摆脱同这个女人的交谈，霍尔顿借口另有约会逃回了宾馆。

不想乘出租车的霍尔顿准备徒步走回旅馆，快被冻僵的双手不由得让他想起了那双在潘西被偷的手套。

对于这件事，霍尔顿不得不承认自己是个胆小鬼。他不知道是谁偷了他的手套，即使知道，他也没有勇气做些什么。

他仅有的一点儿勇气大概只够支撑他走到小偷的寝室，让他拿出那副手套吧。而一旦小偷狡辩、死不承认，霍尔顿也是毫无办法。除了拿捏着尺度责问，连略微尖刻、下流的话都不敢说，更别提动手教训小偷了。

这份懦弱在接下来的事件中很好地体现了出来。回到宾馆的霍尔顿在电梯里遇到了一个皮条客，就是那种介绍妓女给顾客的男人。此时，我们的霍尔顿没加思索就又违背了自己的原则，因为他心里烦闷得要命。

在等待姑娘到来的那段时间，霍尔顿做了很多的准备，当姑娘到来后，霍尔顿又没有一点儿情欲，甚至觉得十分沮丧。

霍尔顿叛逆地选择酗酒，选择抽烟，选择嫖娼斗殴，不过是在否定现有的生活，试图用新生活填补内心的空白。所以当他真的面临自己不喜欢的事情时，因为胆怯，他会矛盾、退缩。

就这样，天性善良的霍尔顿没有真正沉沦，而是随便扯了个谎把姑娘赶走了。

姑娘走后，被沮丧情绪裹挟的霍尔顿继续抽着烟，想着他死去的弟弟艾里，想着他不带艾里去打猎，艾里却毫不生气的事情。小孩子的顺从让叛逆着寻找新生活的霍尔顿变得更加沮丧。难道一切都是多余吗？难道一切真的都没有意义吗？

霍尔顿很想祷告，但他自己又不信教。他喜欢耶稣，却不喜欢《圣经》和十二门徒什么的。因为霍尔顿觉得耶稣不喜欢那些虚伪的门徒，而一个教友会信徒却认为，既然耶稣选择了他们，就表示喜欢他们。霍尔顿认为耶稣不会把背叛他的犹大打入地狱，可那个教友会信徒又说犹大自杀以后被耶稣打入了地狱。

所以耶稣不喜欢他的门徒，因为每个门徒有自己的心思，但耶稣又不会把背叛他的犹大打入地狱，因为耶稣有自己的宽容。

这一切，霍尔顿无法理解。

可惜，不管你信不信教，生活总有一些不好的事情要发生。招来妓女又后悔的霍尔顿没有想到，自己还要被这对混账的男女敲诈一笔，并被打了个半死不活。

霍尔顿让妓女离开前已经付过了钱，甚至在事先谈好的价钱的基础上多付了钱。谁曾想，这一退让，竟让他被当成了冤大头，被人上门敲诈勒索。

霍尔顿并没有与妓女发生关系，但他以更高的价格多付了钱。妓女却谎称霍尔顿没有给她应得的报酬。此外，皮条客也勒索了霍尔顿更多的钱。

霍尔顿试图反抗，但面对对方的暴打，他再一次妥协了。

Step 5

被打后的霍尔顿躺回床上，一觉睡到了第二天上午十点多。

醒来后，霍尔顿先给萨丽·海斯打了电话，希望她能和自己约会。萨丽同样是一个假模假式的姑娘。她一边答应着霍尔顿，一边吹嘘着“有个哈佛学生拼命追她，日日夜夜给她打电话”，还有“什么西点军校的，也为她寻死觅活”。似乎是为了显示矜持，她又总是迟到。

一场社交，即使只有两个人，也是一次惊心动魄的博弈。通过迟到，通过显示自己的受欢迎，来获得交际时的主动权。

虽然霍尔顿在心里厌恶这种假模假式，但他实在太无聊太烦闷了，不得不继续和萨丽的约会。

在跟萨丽定好约会后，霍尔顿整理行装。离开房间之前，他又往窗外望了望，看看那些变态的家伙都在干什么，可他们全把窗帘拉上了。到了早上，他们都成了谦虚谨慎的君子淑女。

离开宾馆后，霍尔顿发现在经历了皮条客的打劫后，自己的钱已经不多了。

在吃饭的过程中，霍尔顿遇到了两个拿着手提箱的修女。看着手提箱，霍尔顿想到了以前的一个室友狄克·斯莱格尔。那时，斯莱格尔用的是一个极不值钱的手提箱，而霍尔顿用的则是一个值几个钱的精致皮箱。

因此，斯莱格尔从不和霍尔顿一样把箱子放在架子上，而是塞在床底下，这样，别人就看不见他的箱子跟霍尔顿的箱子并列在一起，也不会产生过多的比较了。

为此，霍尔顿心里烦得要命，甚至想把自己的手提箱从窗口扔出去，或者跟他的交换一下。

霍尔顿是善良的，没有看不起任何人的想法。他不希望因为一个箱子而伤害到身边家境不好的同学的自尊心。作为经济较好的一方，他并不对经济不好的室友嗤之以鼻，反而担心自己的无意之失伤害到对方。

然而，当霍尔顿把箱子也扔到床底下时，斯莱格尔又把箱子从床底下拿出来放到了架子上。后来，霍尔顿终于找到了原因：原来斯莱格尔想让人家把霍尔顿的箱子看作是他的。这样他就能有所谓的优越感了。

这真是扭曲、畸形又可笑的想法！一个纸老虎整天张牙舞爪耀武扬威，而真正的小老虎却还在善良地担心自己的爪子太过锋利会伤害到别人。

最后，霍尔顿不得不提出和斯特拉德莱塔住在一起，因为他的箱子和霍尔顿的一样好，没那么多随之而来的麻烦。

说回那两个提手提箱的修女，因为她们就坐在霍尔顿旁边，于是几个人就闲聊起来。不得不说，霍尔顿很喜欢这两个修女，他敬佩她们的奉献，赞赏她们的无私。在经济拮据的情况下，霍尔顿甚至还捐了一笔不小数目的钱。

霍尔顿和修女的谈话在愉快的气氛中结束了，霍尔顿向百老汇走去，在路上，他看到了一家三口。孩子的父母一边讲话一边走，一点儿也不注意他们的孩子。那孩子却很有意思：不是在人行道上走，而是在紧靠界石的马路上走，一边走还一边哼着歌“你要是在麦田里捉到了我”。

汽车来去飞驰，刹车声响成一片，他的父母却一点儿也不注意他。这让霍尔顿的心情舒畅了不少，心情不再像先前那么沮丧。也许一看到孩子，霍尔顿就能联想到自己的妹妹，心情自然会好起来。

说到这里，“麦田里的守望者”的含义已渐渐明晰了。父母应当让孩子一路哼着歌走在路上，不给他太多的管束和要求。社会上来往的车辆也怀有善意，以刹车来避免对孩子犯错后的伤害。麦田里的守望者，守望的正是一个个成长路上自由自在的孩子。

Step 6

约会的最后，霍尔顿没有忍住心底的那句话，将它说了出口："喂，咱们走吧，你真的讨人厌极了，如果你想知道真相的话。"你可以想象萨丽听到这话时的表情，那真是可笑极了！

与萨丽不欢而散之后，霍尔顿决定去见见老朋友卡尔·路斯，一个喜欢谈性的"聪明"家伙。在去赴约的路上，霍尔顿突然想起了战争。他对战争讨厌极了，他认为待在军队比上战场被人打死还难受。他甚至表示："要是再发生战争，我打算干脆坐在原子弹顶上。"

在与路斯聊天时，霍尔顿得知这位聪明又极懂性问题的家伙竟然和一个快四十岁的中国女人在一起。这让霍尔顿很是奇怪，他发觉路斯竟然对东方哲学产生了浓厚的兴趣。

这也是战后美国社会的一种普遍现象：对于国内状况的不满，促生了对于中国以及东方其他国家的好奇和向往。

结束和路斯的聊天后，霍尔顿一个人在酒吧里坐了很久。最后，他带着醉意又给萨丽打了个电话——他总是想要打给琴，又不敢打给她。

电话里，霍尔顿说着胡话，嚷着要在圣诞节前夕给萨丽家修剪圣诞树。而萨丽呢？可能还在生霍尔顿的气，也可能知道霍尔顿喝醉了，随便搪塞了几句就挂掉了电话。

就这样，霍尔顿为他一时的心直口快付出了代价，伤了萨丽的心，覆水难收。

他没有意识到，因为自己一时的口无遮拦，会对别人造成多大的伤害。

醉醺醺的霍尔顿在路上跌跌撞撞地走着，他先去洗了把脸，然后去储物处拿了存放的大衣和买给菲苾的唱片，唱片却又被他不小心摔碎了。

霍尔顿在公园里走着，想着自己这样下去，可能会得个什么肺病然后死去。进而他再一次想到了去世的弟弟。霍尔顿开始想象着自己的葬礼会是什么样子。

在艾里的葬礼上，整整一嘟噜混账傻瓜亲戚全都来了，他们不住地说着什么，而霍尔顿的父母则伤心得要命。霍尔顿想，也许自己的葬礼也差不多如此吧，这让霍尔顿觉得多少有些懊恼。

接着他想他们整整一嘟噜人怎样把他送进一个混账公墓。墓碑上刻着他的名字，周围全是死人。然后每到星期天就在他肚皮上放一束鲜花以及诸如此类的混账东西。

霍尔顿对这些十分厌恶。“人死后谁还要花？谁也不会要！”特别是在下雨天，送花吊唁的人纷纷跑进车里，而躺在墓地里的人却独自淋着雨，周围还全都是死人，简直想想都难受！

霍尔顿为什么会对前来吊唁的人产生如此巨大的厌恶感呢？因为在霍尔顿看来，这些人都是虚伪的，没有情感的。他们并没有对艾里的去世感到真正的伤心，他们不过是逢场作戏罢了。

真正伤心的，是真正爱他的人，比如父母、兄弟。但不得不说，这些伤心也会随着时间的流逝渐渐淡化，但那份遗憾和不舍，却在心底永存。

霍尔顿偷偷溜进了家里，看到了睡觉的菲苾。霍尔顿不想吵醒她，便在屋子里转悠起来，翻看着菲苾的书。

菲苾孩子气的天真让霍尔顿忍俊不禁。因为担心被父母撞见，他推醒了菲苾。菲苾见到霍尔顿后非常开心，她邀请霍尔顿去看她演的戏。

可当菲苾猜到霍尔顿是被学校开除才提前回家后，她大嚷着“爸爸会要了你的命！”无论霍尔顿怎么解释，菲苾都十分生气，不愿再搭理他。

为了让菲苾消气，霍尔顿故意把话题岔开，告诉菲苾自己不打算再回家了，他要到科罗拉多的农场上去。

菲苾显然还没有消气，她一边抱怨着霍尔顿的计划，一边扯着他被开除的话题。霍尔顿则一直抱怨潘西完全是个最最糟糕的学校。这时候，菲苾一针见血地说道：“你不喜欢正在发生的任何事情！”

Step 7

菲苾与霍尔顿的对话把叛逆拉回到与现实的真正交锋上来，迷茫也好，叛逆也好，终究要有一个终点。

倘若改变了现状，那这样的叛逆就是成功的。但如果叛逆的最后是心力交瘁、浑浑噩噩，难以摆脱，那这样的叛逆毫无意义。

霍尔顿一路走来，见惯了假模假式的人们，也结识了真诚无私的修女。有些人在用谎言欺骗别人，有些人又帮着别人欺骗自己。

那些在夜里狂欢放浪的人，在白天又变回谦谦君子，是他们欺骗了别人，还是别人欺骗了他们？那些叛逆的“混账”，是在破坏着社会，还是在抵抗社会的迫害？恐怕是如人饮水，冷暖自知罢了。

因为担心被父母撞见，霍尔顿便打电话给安东里尼先生，并提出想要去他家住一会儿。随即，他又回到菲苾的房间，在她消气后和她一起跳舞。这让霍尔顿觉得幸福，但他很清楚，这种幸福可能暂时要告一段落了。

这个时候，霍尔顿的母亲回来了，尽管菲苾帮他骗过了母亲，但霍尔顿还是必须得走了。菲苾将自己攒下来过圣诞节的钱一股脑都给了霍尔顿。霎时间，霍尔顿哭了，哭得很伤心。

这或许就是叛逆的代价吧，想要寻找些什么，想要改变些什么，就不得不舍弃些什么。

因为叛逆，霍尔顿被学校开除，在社会上四处游荡，躲着自己的父母，用着妹妹省吃俭用攒下来的钱，这一切都是成长过程中的代价。但幸运的是，他还有关心他的人，还有很长的路可以走。

霍尔顿把他最心爱的那顶红色猎人帽送给了菲苾，然后悄悄溜出了家门。

过了些时日，霍尔顿托人带话给正在学校上课的菲苾，希望在他去西部之前出来见上一面。在等待菲苾的过程中，霍尔顿在博物馆遇到了两个想要去看木乃伊的小男孩。

在领着他们看过木乃伊之后，霍尔顿却在展馆的墙壁上发现了骂人的话语，这让他十分恼火，这样的污秽言语如果让小孩子看到，那该多么难堪，多么罪恶！他不希望小孩子受到这样的影响。

他希望他们能够自由成长，能够一边走一边哼着"如果你在麦田里捉到了我"，周围没有大人的管束，也没有外界对犯错的致命打击，更没有污秽不堪的字符。

见到菲苾后，菲苾竟然提出要和他一起去西部，这让霍尔顿很头疼。但霍尔顿开始思考，倘若自己因为不满现实，而选择去西部做一个又聋又哑的加油工人，那么等菲苾长大后，她又能怎样呢？难道和他一样逃离现实去做一个又聋又哑的人吗？

不，霍尔顿绝不希望菲苾也变成那样，在看着菲苾无忧无虑地坐着旋转木马时，霍尔顿突然决定做一个"麦田里的守望者"："就站在那混账的悬崖边，我的职务就是在那儿守望，要是有哪个孩子往悬崖边奔来，我就把他捉住——我是说孩子们都在狂奔，也不知道自己是在往哪儿跑，我得从什么地方出来，把他们捉住。我整天就干这样的事。"

自此，霍尔顿终于找到了自己想要的生活——“做一个麦田里的守望者”。

对于虚伪的现实，霍尔顿可以叛逆到底，但“一个成熟男人的标志是为某种事业卑贱地活着”。他要用自己的生命守望孩子们，让他们得以在麦田里自由自在地狂奔。他要守望他们的自由，守望他们的安全，守望他们的成长。

尽管《麦田里的守望者》全书脏话不断，内容也常有少儿不宜的部分，但这本书却真切地表达了对孩子真心实意的爱护，对单纯世界的美好追求。

霍尔顿守护妹妹的成长，不想让妹妹被世俗污染。他对那个虚伪时代的反抗，其实也是对美好心灵的苛求。

尽管霍尔顿脏话连篇、不甚完美，但却是世界上最纯洁的人。

在与现实的斗争中，在一次次的挣扎和逃离中，霍尔顿最终找到了那件“想要去做的事情”，迎来了自身的成长，也得到了生命的救赎。

Chapter 5

牧羊少年奇幻之旅·不忘初心，方得始终

『所有的偶然都是必然，男孩的选择和旅程造就了他独一无二的人生。』

麦家

本书讲述了一个牧羊少年圣地亚哥追寻宝藏的奇幻冒险故事。这个故事凝聚了质朴的力量，也向我们展示了一个宏大的主题：人类如何超越自我去追寻近在身边的东西。

Step 1

男孩圣地亚哥是一个牧羊人，他每天都赶着羊群穿梭在大地上，四处寻找水和食物。两年多的朝夕相处让他熟悉了羊的生活习性。

这两年的时间里，圣地亚哥走遍了安达卢西亚的平原山川，路过了许多村镇，见识了许多地方，也把每一段经历都记在了脑子里，对他而言，这就是他生活的最大动力。而这个动力来源于他的初心。

从孩提时代开始，圣地亚哥就有一个梦想，那就是去了解世界。但他的父亲希望他能够成为一名神甫，所以劝他打消这样不切实际的念头——正所谓熟悉的地方没有风景，旅行不过是到陌生的地方感受相似的生活。

但圣地亚哥不这么认为，他知道那些来到此处的游客和村里的人没什么两样，但他依然想去远方，想要跟随自己内心的那个声音，去见更多的人，经历更多的事。

实现云游梦想的代价是放弃安定的生活和成为神甫光耀门楣的可能性，家境并不富裕的他决定成为一名牧羊人，哪怕为此需要经历贫穷、劳累和风餐露宿，也不退缩。他的坚持，似乎也唤起了父亲那深藏已久的梦想。

第二天，父亲给了圣地亚哥三枚古老的西班牙金币，嘴上说着“总有一天你会懂得，我们的家园才最有价值”，但圣地亚哥从父亲的目光中看到了同样的渴望。

露宿在一座废弃的老教堂时，圣地亚哥重复做了一个上周就做过的梦：一个陌生的小孩带他去了埃及金字塔，并告诉他那里隐藏着丰厚的宝藏。但梦境总在他要得知宝藏的具体地点时戛然而止。

解梦的老妇人告诉圣地亚哥，那金字塔和宝藏一定存在，他应该前往埃及，找到它并成为富翁。但老妇人虽然会解梦，却无法把梦变成现实，甚至连梦里没有说明的宝藏地址都无法知晓。

因此，圣地亚哥对这样的解释并不服气，直到当他在阅读一本厚重的书籍时，一名自称是“撒冷之王”的老人来到他身边，告诉他世界上最大的谎言是“在人生的某个时刻，我们失去了对自己生活的掌控，命运主宰了我们的人生”，并在圣地亚哥没有透露任何信息的情况下，提出了一个交易：“你把十分之一的羊送给我，我就告诉你怎样找到宝藏。”

老人跟他说了关于“天命”的事：“天命就是你一直期望去做的事情。人一旦步入青年时期，就知道什么是自己的天命了。在人生的这个阶段，一切都那么明朗，没有做不到的事情。人们敢于梦想，期待完成他们一生中喜欢做的一切事情。但是，随着时光的流逝，一股神秘的力量开始企图证明，根本不可能实现天命。”

老人指着一个卖爆米花的小贩，告诉圣地亚哥，那个卖爆米花的人小时候也想出去闯荡，但最后他选择了买一辆制作爆米花的机器，日复一日地贩卖、年复一年地攒钱，老的时候再到梦寐已久的非洲去待上一个月。那个人，他也曾想当牧羊人，但大家都知道，卖爆米花的人有房子住，牧羊人却只能在野外露宿，因此卖爆米花的人地位更高，大家也更愿意把女儿嫁给有房子的人。

在和老人交谈的过程中，圣地亚哥得知了正是因为自己曾意欲履行自己的天命，并差一点儿放弃了，作为“撒冷之王”的老人才会来到他面前，指引他去追逐自己的“天命”。

约好第二天在此见面后，圣地亚哥在城里溜达了许久，思考着是否要放弃早已熟悉的牧羊生活。他回忆着自己这两年与羊群培养出来的默契，想起他几天前认识并暗生爱慕之心的黑头发女孩，看着那个曾梦想成为牧羊人最后却卖爆米花的人，渐渐地，感悟到了一个道理：其实自己可以像风一样自由，除了他自己，什么也不能阻止他。

于是，圣地亚哥卖掉了自己的羊群，只留下六只用来和老人做交易。老人告诉他宝藏在埃及的金字塔附近，还给了他两块宝石：黑宝石意为“是”，白宝石代表“否”，当圣地亚哥无法作出选择、难以自己拿主意的时候，它们就可以派上用场。

Step 2

和老人做完交易，圣地亚哥来到了非洲。这里的一切对他来说都是陌生又奇怪的，而不会说阿拉伯语这件事，更让他的寻找宝藏之旅陡增了许多困难——当圣地亚哥轻易相信新结交的朋友时，却被他骗走了身上所有的钱。

前一秒还因为卖掉羊群有了钱而感慨“只要有了钱，谁都不会孤单”的他，此刻却独自一人在异乡的广场上哭泣。他不明白，上帝为什么要如此残忍，竟然用这样的方式回报相信梦想的人？

圣地亚哥拿出老人给他的两块宝石，小心翼翼地抚摸着它们。通过简单的占卜，他知道了老人对他的祝福依然有效，心中也升腾起一些信心，把绝望赶跑。

他慢慢地开始意识到，不管能不能找到宝藏，自己所希望达到的目的——“认识新天地”在此刻已经完成。是的，即使他永远无法到达金字塔，他也比任何一个牧羊人走得更远，看到的世界更广阔。

丢掉所有积蓄的第二天，圣地亚哥在水晶店找到了新的机会，他提出想用擦干净橱窗上的水晶器皿来交换一顿午饭的建议。在老板还对这一提议犹豫不决时，圣地亚哥已经行动了起来，拿起自己的外套，开始擦拭那些器皿。

就在他把柜台器皿擦干净的那半小时里，水晶店里来了两位客人，买走了水晶制品，老板觉得这是个好兆头，便留圣地亚哥在这儿打工，这一留便是一年。

在相处一段时间后，水晶店老板也透露了自己其实也曾想过去云游四方，希望这一生能够去一趟圣城麦加。为了赚取足够的路费他开了这家商店，但渐渐地又感到了矛盾：我害怕实现我的梦想，实现之后，我就没有活下去的动力了。

对他来说，圣城麦加是他平淡生活里的支撑，是让他继续活下去的希望。但他既想实现梦想，又害怕实现梦想时会失望。这种矛盾心理让他甘于忍受店铺生意的平淡，并以此为借口，让自己始终停留在追寻梦想的道路上。

很多人在现实生活中，就像这位水晶店老板，或是在寻梦道路上遇到了一些挫折，或是因为害怕结束而不敢开始，导致追逐梦想的道路戛然而止。

但其实，圣地亚哥的选择告诉我们，除了牢记初心，并敢于为追逐梦想付出代价，更要做好被虐千百遍的心理准备，无论遇到怎样的困难，都要永远坚定心智，清楚自己想要的是什么，哪怕需要漫长的蛰伏期，也能安然度过。

寻梦的道路不可能是一帆风顺的。

当圣地亚哥通过种种创新手段使得水晶店生意日益红火时，他又面临了新的困难。他在水晶店工作将近一年，获得了极高的佣金，也早就积攒了足够的金钱，让他能够返回家乡购买一百二十只羊，重新开始生活。

圣地亚哥最终仍然选择了停止打工，想要奔赴他熟悉的田野，重新去放牧羊群。他想，或许像老板那样永远不去麦加，不去实现梦想，依靠对梦想的憧憬而生活，会是更好的选择。

但他在出发前，突然意识到，回家其实只需要两个小时的船程，而为了使自己离宝藏近两个小时，他花了几乎整整一年的时间。

或许，正是因为回家放羊对他来说是更为轻松的选择，自己无须付出那么多的力气就能够做得很好，而寻找财宝却是一件难以预料的事，无法掌控在手中，难以确保能够获得足够的回报，自己才想要退缩的吧？

圣地亚哥意识到：畏惧忍受痛苦比忍受痛苦本身更加糟糕。没有一个心灵在追求它的梦想时会忍受痛苦，因为追寻中的每一刻都是与上帝和永恒相遇的时刻。

更何况，心灵只帮助那些追随自己天命的人。而每一次的寻梦都以创始者的运气开始，又总以对征服者的考验结束。

如果说，圣地亚哥的梦想从一个小时候的梦开始，那么，至少他付出了行动，想要去证实这个梦的存在，而天命，或许他一开始并不懂得，只是一直在路上，才会不断地去追寻，才会发现更多的风景。

所以，当你在寻梦道路上遇到了挫折、瓶颈时，不妨停下来问问自己，究竟是不是害怕忍受为了痛苦所需承受的痛苦，是不是需要向圣地亚哥学习，更加勇敢地直面自己的脆弱，才能够无畏地追求自己的梦想。

Step 3

离开了水晶店，圣地亚哥开始设法前去埃及。他来到了货栈，等待着和一支庞大的商队一起穿越撒哈拉沙漠。

在这里，圣地亚哥认识了一位同样想要穿越沙漠的英国人。这个英国人也有属于自己的梦想：他将全部生命、所有研究都投入到了寻找世界唯一的语言中去，从世界语，到宗教，再到炼金术。

为了寻找点金石，他耗尽了自己的家产，并依据古籍中的指示和朋友的见闻，带着最重要的书籍来到非洲，要去寻找那位传说中已有两百多岁的炼金术士，找寻到炼金术的秘诀。

他们两个人都随着有两百人、四百牲口的商队，慢慢地走进了沙漠。沙漠太宽阔庞大了，地平线遥不可及，这一切都让人感觉到自己的渺小，面对天地的广阔，人类沉默了，闭上了嘴巴，根本不想说话。

圣地亚哥不断地从身边的一切事物学习，不论是羊群、水晶，还是此时此刻的沙漠。

男孩发现，无论绕行多少路，不管碰到怎样的坏情形，商队永远都只朝着一个方向行进。它克服所有障碍，循着那颗指示着绿洲方向的星斗前进。这让他知道，唯有始终朝着梦想的目的地前进，不管遇到怎样的挫折和失败，都不改变航向，最终才能到达终点。

在沙漠里行进的一路上，英国人始终沉浸在自己的书本里，他抓住一切时间进行钻研，不想浪费任何时间，更不想像男孩圣地亚哥一样，观察着商队、骆驼和沙漠。

旅途中，他们碰到了糟糕的情况：沙漠里的几个部落之间打起仗来了。对此，赶骆驼的人说："一旦进入沙漠，就不能走回头路。既然不能回头，我们就只应关心今后以什么方式行进最好。"

为此，商队加快了行进的进度，并在夜间安排了持枪的哨兵。赶骆驼的人说：我们担心失去的，只是那些我们现在拥有的东西。的确，不管是我们的生命，还是我们的作物，我们都害怕失去，害怕一无所有。然而，我们来到这个世界，从一开始就是一无所有。

就像当你明白生命的历程与世界的历程都是由同一只手写就的时候，这种担心就会消失。我们所能够做的，无非就是在此刻做好自己该做的、想做的事。

英国人始终没有领悟到的也正是这一点：其实在日常生活中，就能把炼金术学到手。虽然最后看起来英国人确实找到了炼金术士，也得到了炼金术的秘诀，那就是继续练习。你可以说他实现了自己的梦想，但你也可以说事实上他一无所获。

战争的步步紧逼，让商队开始日夜兼程，他们只有拥有极佳的运气，才有可能抵达沙漠中的绿洲。圣地亚哥和英国人，以及商队里的人们，大多数都惴惴不安、越发沉默。

但赶骆驼的人却并不在意战争的危险。他说："我现在活着。当我吃东西时，就只管吃；当我走路时，就只管走。如果必须去打仗，今天死还是明天死对我都一样。因为我既不生活在过去，也不生活在未来，我只有现在，它才是我感兴趣的。"

或许他的心态就是对“过好当下生活”最好的诠释。“如果你能永远停留在现在，那你将是最幸福的人。你会发现沙漠里有生命，发现天空中有星星，发现士兵们打仗是因为战争是人类生活的一部分。生活就是一个节日，是一场盛大的庆典。因为生活永远是，也仅仅是我们现在经历的这一刻。”

因此，哪怕星星指示绿洲近在眼前，赶骆驼的人依然让商队在需要睡觉时保持休息，而不是匆匆忙忙地疲于奔走。而商队最终也抵达了绿洲。

圣地亚哥距离自己的梦想又近了一步。但他知道，离自己的梦想越近，事情就变得越困难。因为“新手的运气”不再起作用，此时更为重要的是追梦人的毅力和勇气，是经受种种考验后依然持有耐心。

许多寻梦者都会“渴死在椰枣树已经出现在地平线上之时”，这是因为在梦想实现之前，每个人都有自己的道路要走，世界也会对寻梦者在这一路上所学到的一切加以检验。

Step 4

圣地亚哥还是一个牧羊人的时候，暗恋着镇上商人的女儿。

那一次，他到镇上的纺织品店里去卖羊毛，在排队等待的过程当中，他拿出了随身陪伴自己的书阅读起来，也因此吸引了自称是纺织品店老板的女儿，他们在店铺前的斜坡上畅谈了两个小时。

女孩说起了镇上的事情，说这里的生活一成不变，天天如此。圣地亚哥则谈起了他放牧的安达卢西亚田野，述说着放羊途中经过的村镇所发生的新鲜事。

时光流逝，但圣地亚哥多么希望这一天永远不要结束，多期盼自己能够和这个女孩一起继续聊下去。

圣地亚哥的内心升腾起了一股冲动：永远定居在这个镇子里。他觉得，只要能够和这个黑头发的女孩在一起，每天都会是新的一天。

因为他知道，不管是牧羊人、海员，还是推销员，总会有一个地方令他们魂牵梦萦，那里会有一个人，让他们忘记自由自在周游世界的快乐。

在绿洲，圣地亚哥见到了一个名叫法蒂玛的女孩。那一刻，时间仿佛停止了流动，世界之魂蓦地出现在了圣地亚哥面前。也就是在这一刹那，他明白了世界上最重要和最智慧的表达方式，也就是人类都能够理解的语言，那就是爱情。

当这两个人最终相遇，相惜相爱的时候，过去和未来的一切都变得无足轻重了，只有眼前的这一刻最为重要。

圣地亚哥再次来到了井边，等待着前来打水的少女。他诚挚地表白着自己的内心：我要娶你，我爱你！从那天起，他每天都到井边等候法蒂玛，和她交谈，告诉她自己一路上的经历。

他知道，法蒂玛比宝藏更为重要。为了这份爱，他甘愿放弃金字塔旁边的宝藏，甘愿放弃初心和梦想。

法蒂玛也渐渐地依恋上了圣地亚哥，开始相信这个男人就是自己生命中最好的礼物。但是在了解了圣地亚哥来到此地的原因和经历，她相信自己只是圣地亚哥梦的一部分，是他的天命的一部分。

因此，她希望圣地亚哥能够继续前行，去追寻梦想。她说："沙丘会随风改变形状，但沙漠永远存在，我们的爱也如此。""如果我是你天命的一部分，总有一天你会回来。"

起初，圣地亚哥无法理解法蒂玛这样没有占有欲的爱情，后来他领悟到了法蒂玛的爱。正是因为信任，因为足够深爱，法蒂玛才不愿意圣地亚哥为了自己而牺牲掉梦想。而这样一个决定，其实是要付出很多心力与勇气的，所以法蒂玛是伟大的，也是睿智的，她的勇气和智慧足够和圣地亚哥媲美，这也正是他们相互吸引的原因。

换言之，圣地亚哥深沉的爱有可能会成为法蒂玛生命中不能承受之重，当一个人为了爱情放弃梦想，和自己永远地生活在一起，那么总有一天，当他再次回想起自己未竟的梦想，尤其是距离梦想实现仅有一步之遥，那么他还是有可能会懊恼、会后悔。

也许是法蒂玛深谙人性，又或许，她只是从父母的爱情和沙漠的启示中了解到，“真正的爱情从来不会阻止一个男人去追寻天命。如果阻止，定因为那不是真正的爱情，不是用宇宙语言表达的爱情”。

因此，她敢于放手，让圣地亚哥追随自己的天命，她相信如果自己是他生命中不可或缺的那一部分，圣地亚哥就一定会回来。

依凭这种爱的支撑，她或许可以走过沧桑，在圣地亚哥不在身边的时候，过好自己的生活，实现自己的梦想。

圣地亚哥离开前，虽然知道违背了传统，但依然找到了法蒂玛的家，单独和她在一起，向她道别。他说：“我想让你知道，我会回来的。我爱你，因为——”

“别说了。”法蒂玛打断了他的话，“因为相爱，所以相爱，爱是不需要任何理由的。”

法蒂玛相信离别前圣地亚哥对她说的话：我爱你，是因为整个宇宙都合力助我来到你的身边。因为爱，因为相信圣地亚哥和自己，尽管很难过，虽然因为离别而流下了泪水，但她依然敢于暂时和爱的人分开，各自完成自己的天命，等待最后的团聚。

Step 5

在沙漠里，圣地亚哥得知了沙漠的预兆：被视为战争中立之地的绿洲，将会受到军队的袭击。为了法蒂玛，也为了挽救更多的生命，圣地亚哥求见部落的首领，传达了沙漠的预兆。

一向恪守传统的部落，选择了相信圣地亚哥带来的消息，打破了绿洲任何人都不准携带武器的规定，白天做好迎击敌人的准备，夜晚再把武器交回。

部落首领的最后一句话是：如果明天所有的武器都没有机会发射子弹，那么至少会有一种武器朝你身上发射。

圣地亚哥感到了惶恐，他没有想到，为了使人们相信这件事，需要以他的生命为担保、为代价。这一切，都是当初那个小小的牧羊人所无法想象的。但他并不后悔，因为他知道，自从离开家乡，他每一天都过得很充实，见识到了其他牧羊人所无法经历的事情。

更重要的是，他相信自己一路上为了实现梦想而不断行动、不停地学习，他相信自己通过预兆看到的景象：一支军队正向绿洲前进。

这正如圣地亚哥在沙漠中见到的炼金术士对他说的：沙漠对所有人都是一个考验，考验你迈出的每一步，杀死心猿意马的人。

早晨，绿洲的椰枣林中埋伏了两千名武装起来的男人，他们在中午时分与一支五百人的骑兵激战，并且取得了胜利。

圣地亚哥带来的预言实现了，绿洲得到了保全，因此，部落的首领希望他能够成为绿洲的顾问，就在这里一起守卫着这片沙漠里的避风港。

圣地亚哥凭什么会赢得他人的信任？或许，这和他不断学习的习惯、超强的行动力有关。

开始追梦之路后，圣地亚哥始终没有忘记学习。不管是反复琢磨“撒冷之王”说的那几句话，并在自己的实际行动中寻求印证，还是向羊群、水晶制品、沙漠、赶骆驼的人学习，他都不曾忘记精进自己，提升自己。

为此，他悉心观察身边的一切。懂得看待一切人和事物时，除了要联系自身的经历，同时也要丢掉自我中心主义的局限，更客观地对待整个自然界以及所有人。

就像他还是一个牧羊人时，在熟悉了羊群的生活习性后，就能够反思自己：“有一段时间，他曾经以为羊群能够教会他一切，但是羊群不会教他阿拉伯语。世上一定还有其他一些东西是羊群教不了的。”并在最后得出思考的结果：实际上，并不是羊群在教，而是自己始终在学。

因此，他仔细观察自然界，在集市上发现了语言不通的人如何交流沟通和做生意，在沙漠里观察商队为了抵达绿洲如何前行。他孜孜不倦地从自然、环境里获取预兆。

这也正是苦苦追寻炼金术的英国人始终没有收获，圣地亚哥却能够早早地与炼金术士相遇的原因：真正的炼金术就存在于日常生活中。有这么一些人，他们从未听说过炼金术，却在生活中发现了“点金石”。

但是，有了勇气和学习力，并不代表一定就能够成功。就拿圣地亚哥来说，当他连续做了和宝藏有关的梦以后，他并不是对其视而不见或者一笑置之，而是去寻找解决梦的语言和暗示，并勇于付出代价，用自己仅有的财产——羊，去打开通往梦想之门。

在抵达非洲、因为过于单纯而被欺骗了之后，为了赚取一份食物，他主动提出要擦拭水晶店里陈列的器物，并在老板还犹豫不决的时候就动起手来，由此获得了打工的机会。

当他赚取了足够多的金钱，本可以选择回到家乡，添置足够多的羊群，过上富足的生活。是继续还是放弃呢？面对这样一个岔路口，他最终做出了自己的选择。他选择了少有人走的那条路，继续用行动来证明自己实现天命的决心。

经过长途跋涉，终于到达了沙漠中的绿洲时，他遇到了爱情。下定决心暂时搁置爱情、先去实现梦想时，他毫不含糊地和心上人告别，就踏上了路途。

由此可见，他始终把命运牢牢地握在自己的手中，没有犹豫太久，而是当机立断，做了决定就去执行。

有的时候，圣地亚哥更像是一面镜子。当我们总是抱怨命运不公、不肯垂青自己的时候，当我们怀疑自己的付出为什么没有同等回报的时候，可以静下来反思自己。

Step 6

圣地亚哥告别了心爱的人之后，又重新出发了，与炼金术士一起在沙漠中行走。炼金术士知道他正因和法蒂玛分开而感到悲伤，便劝慰他：不要再想过去的事情了，人们更多的是梦想归来，而不是离去。

沙漠是寂寞的，一成不变的景色让人浮想联翩。圣地亚哥依然会看到那片椰枣林、看到水井边心爱女人的脸庞，会想起正在做实验的英国人，还有那个教会他许多道理的赶驼人。

正所谓“三人行必有我师”，圣地亚哥的追梦之路上，从来不缺乏朋友，这些人陪伴他走过或长或短的时光，教会了他不同的道理，或许从另一个角度来说，这些朋友也是他的老师。

出发前，自称是“撒冷之王”的老人告诉他，人世间最大的谎言是我们无法控制自己的人生。

老人显然是一位“多闻”的朋友，他传授给男孩的这些话，都在之后追寻梦想的路途中，起到了或多或少的作用，让他知道：不要片面地相信命运，更不要认命，不要因为其他人的看法而放弃自己的初心。

同样对圣地亚哥的成长起到重要作用的是赶驼人。这个看似没有什么技术难度和社会地位的职业，却教给了圣地亚哥一个极为重要的品质，那就是耐心。

尤其是最后陪伴他直达天命的炼金术士，更是不厌其烦地教导他要学会“倾听自己的心声”。这些朋友都是圣地亚哥能够实现愿望不可或缺的角色。

除了这些起到正面鼓舞作用的朋友，圣地亚哥也碰到了一些“损友”。骗走圣地亚哥钱财的那个孩子，虽然是他追梦道路上的障碍，却也是另一种“朋友”，教会了他不要太轻易地相信他人，戒备之心不意味着不真诚，相反，过分地相信和依赖他人，才会带来灾难性的后果。

这个骗局，既让他得到了教训，也收获了真理：好的心态可以扭转看似颓败的局面。很多时候，当我们以为自己无路可走时，往往是所站的位置不同，看到的局势也不同。

前进的道路上需要朋友的扶持，但其实，圣地亚哥遇到的每个人，也都是他自己。每个人的追梦道路上，最能够给予自己支持的，恰恰是自己。

想要实现梦想，最重要的那个人还是自己，再多的同行者和外来的帮助，都比不上一颗渴望梦想的赤子之心。要想跟随自己的心，首先就要和它对话，了解心之所向。

圣地亚哥和炼金术士同时在沙漠中时，炼金术士教会男孩最重要的一件事就是，要倾听自己的心声。

炼金术士说，只要倾听着自己的心声，“你甚至无须理解沙漠，只要你静观一粒简单的沙子，你就能从中看到天地万物的全部神奇所在”。

在整个旅途中，圣地亚哥都努力倾听着自己的内心，和它对话。“在寻找宝藏的过程中，每一天都充满光明。因为我明白，每时每刻都在实现梦想。”

慢慢地，他不再害怕，也打消了返回绿洲的打算。正如男孩家乡的一句谚语所说：夜色之浓，莫过于黎明前的黑暗。最大的危险来临了。

几个骑兵把圣地亚哥和炼金术士抓进了敌军指挥官所在的军营。想要逃离，只有一个方法，那就是男孩要在三天的时间里，把自己变成风。

人怎么会变成风呢？圣地亚哥陷入了绝望。但是炼金术士告诉他：“只有一样东西令梦想无法成真，那就是担心失败。”他爬上高处，与风、与太阳、与沙漠进行交谈，希望它们能够帮助自己。

整整三天，男孩从绝望到平静，倾听自己的内心，再到与自然交流，他告诉沙漠因为爱，因为在沙漠的某个地方，有个女人在等自己，他必须要活下来。

最后，沙漠里刮起了狂风，胜利了。在许多世代里，阿拉伯人都流传着这个男孩的神话。

因为不断遇见志同道合的朋友，圣地亚哥在旅行的道路上孤单但不孤独，在炼金术士的指引下，他也懂得了倾听自己的内心。

Step 7

圣地亚哥战胜了敌军后，炼金术士制作出了黄金，并且把其中最大的一块给了圣地亚哥，而后两人分开，男孩独自前行，终于来到了宝藏的所在之地。

圣地亚哥来到了月光照耀下的金字塔边，双膝跪地，泪流满面，感谢着上帝指引他相信自己的天命，并让他遇见了这么多的人，最终抵达这里，而后，他开始挖了起来，希望能够找到宝藏。

但是他在圈定的地方挖了整整一个晚上，一无所获。

屋漏偏逢连夜雨，当他还在努力找宝藏的时候，几个躲避战乱的难民发现了他，并抢走了他身上的那块金子。

他们以为地下还有金子，便一边殴打男孩，一边逼迫他继续挖下去，可是挖到了天亮仍然没有收获。

圣地亚哥觉得自己距离死亡不远了，为了活命，他告诉了这群人关于梦和财宝的事情：

当男孩还是个牧羊少年时，他常常在一座废弃的古老教堂里过夜。在那里，他连续两次做了同一个梦，梦见一个孩子把他带到了埃及金字塔，并对他说："如果你来到这里，就会找到一批埋藏着的宝藏。"

难民劫匪的首领对圣地亚哥的话嗤之以鼻，他说："差不多两年前，就在你待着的这个地方，我也重复做过同一个梦。我梦见自己应该到西班牙的田野上去，寻找一座残破的教堂，一个牧羊人经常带着羊群在那里过夜。圣器室所在的地方有一棵无花果树。如果我在无花果树下挖掘，定能找到一笔宝藏。”

他说：“我可没那么蠢，不会因为重复做了同一个梦就去穿越一片大沙漠。”而后带着抢劫到的金子和一帮同伙扬长而去。

此时，遍体鳞伤的圣地亚哥却露出了笑容，正如炼金术士所说：“当我们眼前拥有巨大的财宝时，我们却永远不会察觉。你知道为什么吗？因为人们不肯相信这些财宝的存在。”劫匪的话，恰恰指明了宝藏真正的所在。圣地亚哥赶回了那座废弃的教堂，只是这一次，他带来的不是羊群，而是铁锹。

他在无花果树下挖掘，一个小时后，他收获了一只装满西班牙古老金币的箱子，里面还有宝石、金面具等财宝。他终于实现了自己的梦想，哪怕这个梦想仅仅是寻找到梦中的宝藏。

圣地亚哥把财宝的十分之一送给最初帮他解梦的吉卜赛老妇人后，便返回沙漠里的绿洲，去见等待他归来的法蒂玛。

恰如男孩所说的：“生活对追随自己天命之人是慷慨的。”

圣地亚哥穿越海洋、沙漠，经历了漫长而坎坷的追梦之旅，屡次遇到生命危险，还丢失了一路上赚的钱，终于到达了梦中的埃及金字塔，却没有想到，财富其实就在最初他牧羊时过夜的那个教堂里。

他也曾在心里向炼金术士发问，为什么明知道财富的所在地，却要让我经历抢劫，最后如此衣衫褴褛地返回，为何不能让我免遭此劫？

男孩听到风传来的答案：如果我事先告诉你，你就看不到金字塔了，它们很壮美，不是吗？

炼金术士的话，让我们回想起圣地亚哥抵达金字塔的那个夜晚，一轮满月悬在空中，庄严雄伟的埃及金字塔矗立在天地间，在白色沙漠的映衬中沐浴着满月的银辉。这样的绝美精致，有多少个牧羊人曾看过呢？

也正是男孩亲眼见识过的这些景致，一路上他所追随的天命、遇见的人和事、学会的宇宙语言、了解到的预兆、收获的爱情，还有倾听自己心灵的方法，如此种种在追寻天命的路途中学会的一切，才是真正的宝藏。

回溯牧羊少年的这段经历，他本可以成为任何人，过着与其他人几乎无异的人生，但他最终还是选择了成为自己，追随自己的内心，并且在追寻天命的路途中，学会了必须要学的一切，经历了梦想经历的一切。

他决定，只要有可能，总要找一条新路走走。

在“知乎”上有一句评价非常经典：“男孩可以成为他路上遇到的任何一个人，可他最后还是成了他自己，所有的偶然都是必然，男孩的选择和旅程造就了他独一无二的人生。”

这，就是他值得拥有这笔宝藏最重要的理由。

Chapter 6

挪威的森林·不朽的青春物语

『死并非生的对立面，而作为生的一部分永存。』

村上春树的作品中最容易看的一部，没有卡夫卡式的隐喻，没有匪夷所思的情节，只是用平缓干净的语言娓娓讲述着已逝去的青春，讲述青春时代的种种经历、体验和感触。

Step 1

三十七岁的渡边正在飞机上等待降落，这里是德国的汉堡机场，飞机的扬声器中流出的背景音乐是甲壳虫乐队的那支《挪威的森林》，那是贯穿他整个青春期的音乐，此时听来比往日还要更加强烈地震撼他的身心。

此刻，他想到的是在青春期遇见的那个女孩，那个美丽却忧郁的女孩直子，他曾经爱过她，但悲哀的是，女孩并没有爱过他。

那么直子是谁？现在怎样？她和渡边之间有过什么样的动人过往呢？这些都要从渡边上大学的那时候说起。

渡边在十八岁的时候，住在东京的一个学生寄宿院里，那时候他对东京一无所知，父母不放心他第一次独自生活，就为他找到了这个三餐无忧且生活设施也一应俱全的住所。

渡边的室友是一个极度爱干净的人，他的房间永远保持着一尘不染，卧具每周晾晒一次，铅笔必须摆在笔筒内固定的地方，就连窗帘都要每个月重新洗一次。

如果放到现在，这可能是个典型的处女座室友，大家调侃几句也就罢了，可是对那些刚刚逃离家长、想要随心所欲的少年来说，有这样的室友同住，简直和在家里待着一样痛苦。所以他们给他起了外号叫“敢死队”。

梦想着走遍地图的“敢死队”每天早上准时跳广播体操，渡边却喜爱睡懒觉，所以那声音让他十分困扰，但“敢死队”却结结巴巴地对他解释，他们的宿舍已经是他经过权衡后最不影响别人的地方了。

渡边妥协说，可以忍受“敢死队”做早操，但是要略过动静最大的“跳跃运动”，“敢死队”立马干脆地回答他，如果漏掉一节的话，他就全部都做不出来了，渡边一时无语，“敢死队”却笑嘻嘻地建议他一起来做体操。

如此执拗的“敢死队”让渡边十分无奈，但他其实并不把“敢死队”的这些事情当作笑柄，因为当他有一次见到直子并讲起这些时，直子笑了，这笑容已经许久没出现在直子脸上，所以渡边也就在心里默认了“敢死队”的笑料。

直子与木月都是渡边的好朋友，其实严格说来，木月才是渡边的好朋友，直子只是木月的女朋友。

直子与木月是青梅竹马，两人时常去对方家里，同对方家人一起吃饭打麻将，两家人也好得像是一家人。

渡边经常和他们一起外出游玩或者谈天说地。想起来有些不正常，可实际上却是其乐融融，相处甚欢。他们聚会时，木月对两人都十分照顾，绝对不会冷落任何一人。

木月并不是一个善于交际的社交型人物，除了渡边以外，他似乎跟谁也合不来。如此头脑机敏、谈吐潇洒的一个人，却从不向更为广阔的世界施展才华，而是仅仅满足于三个人的小圈子，这一方面让渡边感到不解，另一方面却也让渡边心中窃喜。

木月是渡边唯一亲密的朋友，他单纯热烈得像是海岛上光屁股长大的孩子，但是这个孩子美好的生命却永远地停留在了十七岁。

5月一个令人愉快的下午，吃完午饭，木月问渡边能不能不去上课，和他一起去打桌球。玩球的时间里，木月一句玩笑话也没有说，这在他们往常的相处中是十分少有的。就在那天夜里，木月在自家车库中死去了。

不知道是不是因为活着的人永远无法摆脱死亡的阴影，那个夜晚俘获了木月的死，同时也俘获了渡边原本冷静的心。在那件事发生一年以后，渡边仍然深切地感受到，一团薄雾样的东西送走了刚上大学的那个春天。他也努力使自己避免陷入深刻，他隐约意识到，深刻未必是接近真实的同义词。但无论他怎样认为，死亡已经成为深刻的事实。

失去了木月，原先的三人聚会自然是再没有了，更何况，渡边与直子本来就是因为木月才聚在一起，他们两人并没有什么共同语言，以前在聚会的时候，如果木月短暂地离开，两人更是会尴尬地相对无言。

就是这样的两个人，那一次偶然在电车上遇见，直子准备一个人去看电影，渡边准备一个人去逛书店，都没有什么要紧事，于是奇怪地走在了一起，没有任何话题，也没人想要刻意去找任何话题。

Step 2

虽然和之前一样，两人仍然没有什么共同语言，在一起的气氛也很奇怪，但他们还是在第二个星期六开始幽会了。

没错，就是幽会，因为渡边也想不到有什么其他的字眼来形容两人的见面。他们和上次一样在街上走着，随便走进一家店里喝咖啡，然后再接着走，傍晚吃完饭后，道声再见就分手。

多么奇怪的见面，可是两个人都没有觉得有什么不妥。两个人就这样每星期都见面，没完没了地走，直子走在前面，带着各式各样的发卡，露出右侧的耳朵；渡边跟在后面，看着她害羞地摸摸发卡，渡边在那一瞬间对直子产生了好感。

两个人默默地在一起了，没有告白，也没有浪漫，更加不谈木月。渡边对直子讲起“敢死队”室友的笑话，也说曾经喜欢过的那个女孩子。直子在冷风吹过街头的时候，将手插进渡边的口袋取暖，渡边一边觉得直子可爱，一边也觉得直子可怜。

他知道，直子所渴求的并非他的臂弯，而是某人的臂弯，直子所期望的并非他的体温，而是某人的体温。可他就只是渡边而已，于是总觉得对直子有所愧疚。而渡边的这种认知，也为后来的悲剧结局预埋了伏笔。

那个冬天，两个人真正地在一起了。渡边很疑惑，他以为木月和直子早已在一起，可是直子却仍然是初次，但是当他询问的时候，直子只是啜泣，于是只好作罢。

直子从此以后就消失了，再也没有打过电话，同住的人也说她早已搬走，渡边只能给直子在神户的家里写信，然而并没有任何回复。6 月的时候，渡边又给直子写了一封长信，仍然没有回复。而到了 7 月，终于收到了直子的一封短信。

直子在信中请求渡边的原谅，因为即使是这封短信，对她来说也已经十分困难。她深陷于无法表达自己的痛苦，似乎突然之间变成了一个像哑巴一样的人，心里的抑郁也使她无法继续学业，只能休学养病，她说自己如果有好转，一定会继续回信。

渡边读了几百遍直子的回信，每次读都觉得不胜悲哀，那正是他与直子幽会时，从直子眼睛里感到的悲哀，他们都有的悲哀。

渡边重新回到一个人的状态，每周去打零工，也坐在宿舍的楼下消磨时间。室友“敢死队”送他一只萤火虫，在日落天黑的时候，他带着萤火虫去天台，萤火虫被放飞，而他自己却还是沉浸在困境里。

相当长一段时间里，渡边都被心中的愤愤不平指使着，即使去上课，点名时也从不答应，他知道这样做并无任何意义可言，但是不这样做，心情会更加糟糕。就在这样糟糕的日子中，绿子突然出现了。

绿子是渡边“戏剧史”课程的同学，可是他从未注意到这个明明十分引人注目的女孩，还是绿子向他借笔记两人才熟悉起来。

全身都迸发出无限活力和蓬勃生机的绿子，简直像刚来到世界上来的一只小动物，渡边的生活已经很久没有这样生动过了，绿子简直就是他黯淡世界中的一抹阳光。

绿子应该是注意到渡边很久了，她对这个独来独往的同学十分好奇。似乎所有漂亮可爱的女生，都会下意识地被孤独沉默的男孩子吸引，所以她邀请渡边周末去她家的书店做客。无论是书店里的书，还是活力四射的绿子，都对渡边十分具有诱惑力，他很爽快地答应了。

星期天的早上，渡边来到了小林书店。他们一起喝咖啡，聊到绿子在乌拉圭的父亲，甚至还旁观了一场隔着三四座房子的大火，浓烟滚滚腾空而起，顺着微风朝四面荡去，空气中都飘着焦煳味儿。两人就在浓烟中唱歌喝啤酒，一起度过了一段奇妙的时光。

他们在初秋的阳光下接吻，没有爱，只是安慰的一个吻，充满了温情和温馨，也充满了不知归宿的茫然。当绿子开口问到渡边心上的女孩时，那个初秋午后的魔法消失了，回到现实的渡边再次接到了直子的信。

Step 3

直子在信中真诚地和渡边交流自己的想法，关于自己的病情，也关于正在疗养的地方。

直子对于自己的健康状况感到很难过，因为她觉得自己辜负了渡边，她在信中说："来这里已经快四个月了，在这段时间里，我想了很多很多，并且越想越觉得可能对你有欠公正。对于你，我想我本应该作为一个更健全的人予以公平对待的。"

直子在信中讲述了她所在的地方，那里一共生活着七十人左右，他们都自给自足，每天除了体育运动，还种菜。其余时间里，就看书或者听音乐唱片。

直子有时候也想象着，如果她是一个健康的人，并且和渡边在一个理所当然的、没有木月的普通情况下相遇和怀有好感，将来会怎样。这样的想象让直子觉得有些过于漫无边际，却让渡边感到了她的真诚和期待，于是渡边给疗养院打电话，预约了探望的时间。

周一的早上，渡边向管理主任请假后，踏上了探望直子的旅程。转了好几次电车，才到达位于深山老林中的"阿美寮"疗养院。

在去"阿美寮"的路上，汽车沿途的风景十分凄凉，杉树简直像是在原始森林一般拔地而起，遮天蔽日，将万物笼罩在幽暗的树影之中。从窗口进来的风骤然变冷，湿气让人不寒而栗。

渡边到达目的地，并没有和预想中一样见到直子。走过门卫室，应付过接待女郎，出现的人是中年女士玲子，她是直子的室友。

玲子是个不可思议的女人，给人的印象好极了，似乎有一种摄人心魄的魅力。玲子告诉渡边，直子已经好转许多。其实以直子的家庭问题来看，在木月去世的时候就应该送她来治疗。

渡边并不知道直子的家庭有什么问题，玲子很吃惊他什么也不知道，于是表示应该由直子亲口告诉渡边。不过疗养院的规矩是，探视人员不能同会面对象单独相处，所以这一次渡边的探视将全程在玲子的陪同下，这是为了保护直子。

渡边终于见到了直子，她像小学生一样剪着整齐利落的发型，一侧还像以前那样用发卡一丝不苟地夹住，看上去宛如中世纪木版画中经常出现的美少女。

三个人一同去吃了饭，食堂里的人谁也没有注意到渡边是个外来者。晚饭后回到住处，渡边就住在直子和玲子的房间里，玲子拿出白葡萄酒，弹起吉他，三人在音乐与美酒中轻声聊天，气氛融洽得像是在户外野炊一样。

渡边端详着直子，她比以往要黑一些，可是也显得健康许多，娇美中开始带着成熟女性的风韵，让渡边怦然心动。

直子在吉他声中对渡边坦诚心事，她与木月太过熟悉，不知道尝试过多少次欢爱，可总是不能成功，她的心灵那么热烈奔放，可是身体却干涩无比。

然而木月死去以后，她却在面对渡边的时候十分渴望，并且也确实和渡边成功欢爱。这种鲜明对比和心理上的愧疚情绪让她无比痛苦。

直子说：“他死了以后，我就不知道到底应该怎样同别人交往了，甚至不知道究竟怎样才算爱上一个人。”是的，直子与木月知根知底，像是两个在无人海岛上光屁股长大的孩子，他们拥有彼此，无论是身体还是灵魂，所以失去了木月的直子，就像是不再完整的人，她理所当然地无法再爱上另一个人。

直子喃喃自语，渡边对于她的意义就与对于木月的一样，他们通过渡边来努力使自己同化到外部世界中去，结果却未能如愿以偿，可是他们对于渡边的喜欢，却又那么的单纯而渴望，即使结果是伤了渡边的心。

听完直子说话的渡边沉默着，并不着急回应，喝完了白兰地，三人洗漱休息。从梦中惊醒的渡边在月光下看着睡梦中的直子，那曼妙的身影像是被月光吸附的夜间小动物，美丽无比。突然那身影立起来，带着衣服的摩擦声走来，梦游一般地慢慢解开睡衣的纽扣，完美的肉体沐浴着月华，散发出一种圣洁无比的美。直子将这完美的身体在渡边眼前展示了大约五六分钟后，重新穿起睡衣消失了，渡边在床上许久静止不动，之后再没安睡过。

Step 4

第二天早上，渡边发现，直子对昨夜的事情似乎一无所知。早饭后，渡边跟着两人去鸟舍给鸟喂食，到了下午和两人一起去爬山，直子她们每周爬山一次，路过无人的村庄和牧场的咖啡馆。

玲子十分喜爱咖啡馆里的立体声收音机，那流淌出的音乐让她觉得和外界还是有某种特殊联系的。玲子在咖啡馆听歌，大方地告诉渡边可以和直子单独待一会儿。于是两人在草地上接了一个深情的吻，两人相拥着躺在柔软的草地上，即使没有水乳交融，却仍觉得温馨甜蜜，那种贴近的感觉让两人都觉得真实，仿佛距离和隔离从来都不存在。

直子告诉渡边，她有一个大她六岁的姐姐，关系非常融洽，姐姐是学霸型性格，无论做什么都要拿第一，全家人都为姐姐感到骄傲。因为有着永远无法超越的姐姐，所以直子决定只做一个可爱的女孩，而她确实是全家人都十分疼爱的小妹妹。

拥有两个女儿的家庭看起来幸福极了，可是好景不长，那个无所不能、心理强大的姐姐突然自杀了，没有人知道她自杀的原因。

直子是第一个发现姐姐自杀的人，当时的场景给她很大的冲击。她还听到自己的父母谈话，他们怀疑自杀是家族遗传，而直子现在的状态，好像也印证了这一点。

渡边告诉直子：“你太悲观了，在黑夜、噩梦、死亡面前太胆小了，你必须忘记这些。只要忘记，你肯定能恢复的。”

傍晚的时候，玲子要求和渡边一起散步聊天，她对渡边讲起自己的过去。

玲子年轻的时候本打算成为一名职业钢琴家，可是在一个重要的音乐会上，小手指突然不能动了，医生说是精神方面的原因。玲子住进了医院，然而等到手指能动的时候，医生判断她神经太衰弱了，不适宜当职业钢琴家。失去钢琴后，她的人生像是被拦腰截断一样，幸而温和的丈夫拯救了她，她和丈夫过了几年幸福的生活。

可是生活仿佛不想放过这个可怜的女人，三十一岁的时候，玲子的生活再次断裂。

事情的起因是玲子又能重新弹奏钢琴，邻居听过她的琴声，想要她做自己女儿的钢琴教师。玲子本来心有忐忑，可是那位太太和她的女儿反复劝说，她终于同意了。

噩梦就是这样开始的，那个看起来聪明可爱的孩子，却是个病态的“扯谎鬼”，她喜欢耍手腕来刺激别人的感情，并且从中得到成就感。

那孩子撒谎说自己肚子疼，骗玲子带她进了卧室，然后诱惑了玲子。作为一名十三岁的少女，她用各种手法挑起了玲子的欲望，为玲子带来的是极度的内疚和对自己认知的震惊。

玲子赶走了那孩子，却没想到接下来的打击才是致命的。扯谎鬼遭到玲子拒绝后，反咬一口，告诉家人自己被玲子猥亵，并且在邻里中到处抹黑玲子的名声。玲子吃了安眠药，开了煤气，醒来的时候就已经在医院的床上了。

渡边很吃惊，在他看来，玲子和外界的正常人并没有任何区别。他对玲子说：“我认为你是有能力的，有能力到外面适应一切。”玲子微微漾出笑意，没有作声。

渡边回到房间，直子问两人是不是聊得很开心？玲子摸摸直子的脑袋，给了她肯定的答案，三人在一起听雨吃葡萄，很是自在。

第二日清晨，雨仍然下个不停，睁眼醒来时，窗外笼罩着乳白色的雾霭。随着太阳的升起，雾霭随风飘去，于是杂木林和山脉的冷鲜一点点显露出来。

渡边离开的时候，直子并没有刻意送他，他们像是平凡夫妻每天清晨各自奔赴工作一样，轻描淡写地互相道别，渡边对直子说：“还来的。”然后走在了潮乎乎、凉丝丝的空气中，离开了有着直子的地方。

渡边回到了打工的地方值班，百无聊赖地看着店外穿行不息的男男女女。有全家老小，有对对情侣，有醉鬼，有无赖，有开着成人店的猥琐男人和酒吧里的陪酒女郎。他恍惚间感觉到，那些人也并不是都对他们自己有所了解，又怎么能够证明自己就比直子他们正常呢？

Step 5

体育课结束后，渡边遇到了绿子，绿子怀念那个和他一起度过的周末，那样兵荒马乱又生机勃勃的假期渡边也很喜欢。所以当绿子约渡边星期天再次相聚时，渡边欣然接受。

绿子带着渡边一起去了大学附属医院，绿子的爸爸并不像之前说的那样在乌拉圭，而是得了脑肿瘤在附属医院住院，和绿子死去的妈妈一个病。

绿子向爸爸介绍渡边，对爸爸絮絮叨叨说了许多事，还和渡边说了她爸爸软弱却耿直的一生。渡边只是静静听着，然后看着绿子在医院食堂将饭菜吃得干干净净。

渡边在绿子出去办事的时候单独陪着绿子爸爸，对方反复拜托“票、绿子、上野”，虽然渡边并不知道这些词究竟是什么意思，可还是答应他会尽心尽力照顾绿子和票。直到绿子回来，两人讨论后也没弄明白爸爸究竟想要表达什么意思，绿子能想到和上野站有关的就是自己小时候离家出走的地方，然而却怎么也想不到票是什么意思。

从医院回来的渡边，又开始了给直子写信的日子，他在信中和直子聊日常生活，聊业余打工，也聊绿子和她的父亲。

他是不是已经开始在两个可爱的女孩中间摇摆不定了呢？就像他的朋友永泽一样，永远摇摆在女友初美和其他的女孩子中间。

永泽是渡边的朋友，他们住在同一栋宿舍楼里。和渡边的独来独往不同，永泽是个懂得圆滑交际的人，可是偏偏对渡边另眼相看，就和当初的木月一样。

永泽家庭条件优越，自身条件也很好，学习优异，善于社交，连长相都是校园里最受欢迎的那种类型，所以在宿舍楼里十分吃得开。渡边和永泽有过几次交往，等到和直子在一起后，他就再没跟永泽一起鬼混过。在渡边去疗养院看直子之前，他听说永泽参加了外务公务员考试。

永泽在渡边从医院回来后的某一天，突然给他打电话，说他已经通过了考试，邀请渡边一起吃饭，并且说明是带上女友初美，而不是其他不三不四的女孩子。

三人吃了一顿很不错的晚餐，初美一直致力于将一个极其可爱的低年级女孩介绍给渡边，渡边躲闪不及，坦白自己已有喜欢的女孩子。

永泽马上揭穿渡边曾经和他一起玩过互换床伴的游戏，让初美很吃惊，她很不解为什么男人即使有了喜欢的女孩子，还是能够无所顾忌地在外面花天酒地。

永泽对初美说："你无法理解男人性欲那种东西。"他试图为自己的不专一找借口，可是初美只是平静地告诉他，自己很受伤害。

三人的聚餐终究还是没有善终，初美冲永泽发起火来，并且拒绝永泽相送，于是渡边叫了出租车打算送初美回家。

心情不好的初美并不想回家，渡边带她找地方去喝一杯。出租车上的初美闭起眼睛在平复因争吵而激动的情绪，那副风情姿态，让渡边明白了永泽之所以选择她作为特别对象的缘由。

比初美漂亮的女子不知会有多少，永泽不知能搞到多少那样的女子，但是初美这位女性身上却有一种强烈的打动人的力量，那种力量能够引起对方心灵的共振。

让渡边在心中激起的感情震颤究竟是什么，直到十二三年后渡边才想明白，可惜那时候初美已经了断了自己的生命，她在永泽去德国两年后和另一个男人结了婚，又过了两年，她用剃刀割断了手腕动脉，从永泽那里得知这个消息的渡边再没和永泽联系过。

那天夜里，喝过酒后微醺的初美邀请渡边去打桌球，那是自从木月去世后渡边再没有进行过的娱乐活动，初美赢了三回，到第四回才输了。

渡边在给直子的信中写道："在同初美打桌球的那个晚间，直到第一局打完也一点儿没有想起木月。对我来说，这是个不小的打击。因为，自从木月死后，我以为每逢打桌球必然想起他，不料，直到打完第一局，在店内自动售货机买百事可乐之前，我都全然未能想起他。"

渡边对木月死亡的印象，经过这么久的时间，终于开始模糊起来。这从另一个方面反映出，木月的死亡对渡边的影响开始变小，他逐渐开始从死亡的阴影中走出来。

Step 6

渡边已经在逐渐走出木月死亡的阴影，他开始憧憬和直子在一起的生活，充满了美好和幸福。

在怀揣着希望的日子里，渡边恍然发现，自己已经很久没有见到绿子了。不知道她父亲的葬礼办得如何了。

终于等到绿子的电话了，她和渡边约在新宿见面。渡边见到她的时候注意了她的穿着和脚边的行李。绿子去奈良和青森旅行刚回来，念叨着葬礼的情况。绿子还说到自己的男朋友，一个有些刻板的好男人，也说到自己喜欢渡边，这让渡边有些无所适从。

绿子邀请渡边再次去她家做客，这次他们睡的是绿子父亲的灵堂。渡边问绿子会不会害怕，绿子让他一直抱着自己到睡着，渡边照做了。

渡边抱着绿子，安慰她，应绿子的要求对她说绿子可爱极了，像哄小孩子睡觉那样哄着绿子睡去，告诉她一切都会好起来的。等到绿子熟睡后，渡边在小林书店看书到天亮，没有惊动绿子就走了，给她留了信笺，上面写着：熟睡中的你非常可爱。

像是生活突然给了渡边一个两难的选择，本来他的日子中并没有出现需要认真对待的女孩子，直到上了大学，似乎一下子出现了两个人。直子和渡边的感情是有契机、有机缘在的，而绿子却像是突然闯入的精灵。

渡边确信自己心中爱的是直子，他那么怜惜直子，想要帮助直子走出死亡的阴影，不仅是木月的，也是直子家族的；可是像火热的小太阳一样的绿子，却那么鲜活地点亮了渡边的生活，让他不由自主地想要靠近。

渡边对直子是坦诚的，他事无巨细地和直子诉说生活中的一切，不仅是为了真诚地对待心爱的女孩子，也是为了用真实的生活来给直子安全感，所以直子给他回信，信中毫不避讳地谈起绿子，直子说："绿子那人看来很有趣，我觉得她可能喜欢上了你。"

渡边当然是感觉到了这一点，所以后来每次回想 1969 年这一年，总是让他想起进退两难的泥沼。那一年，渡边二十岁，每周打三次零工，重新读了《了不起的盖茨比》，拒绝了许多次永泽的邀请，时常同绿子相会，按时给直子写信，他的生活规律极了，但仍然没有清晰地做出选择。

银装素裹的冬季，渡边再次来到直子所在的疗养院，他听说直子的情况不太好，可是玲子说只是波浪般起起伏伏罢了。

渡边仍像上次那样在直子和玲子的房间住了两夜，度过同上次大同小异的三个白天。暮色降临，玲子弹起吉他，三人一起聊着天。

直子比秋天见面时更加沉默寡言，三人在一起时她几乎不开口。玲子仍然是借口有事出去了，给渡边和直子单独的相处空间。两人在床上拥抱，渡边对直子说想搬出宿舍另找住处，邀请直子能够和他一起居住。直子听到渡边说的这些，高兴得不知如何是好。

渡边回到居住地，开始认真物色住处。郊外吉祥寺那里是个好地方，交通虽然有些不便，但难得有一座单独的房子。永泽帮渡边搬了家，将自己不用的一些家用电器和生活用品都送给了他，他们相见的机会不会太多了，都只能祝福对方保重。

渡边仍给直子写信，写了新居的情形，也告诉她自己对和她一起生活有多么期待。每当想到这一点，渡边就不胜欣喜，准备以新的心情开始新的生活。

一切都是那么有希望，渡边甚至在新居附近养了一只白色的母猫，取名叫 “海鸥”。他在搬家、安顿之余，忘记了久不联系的绿子。

等到渡边想起绿子的时候已经晚了，绿子十分生气，在电话中表示不想同他说话。内疚的渡边给绿子写了信，在信中如实写了自己的想法，免去辩护和解释，只是请绿子原谅他的粗心大意，他对绿子说：非常想见你，希望来参观一下我的新居。

那是个奇妙的初春，整个放假期间渡边都在苦苦等信，等绿子的信，也等直子的信，然而无论是哪一个女孩，都没有给他回复。玲子倒是给他写了一封信，告诉他直子现在的情况实在是不太好，但一定会康复的，希望渡边能耐心等待。

Step 7

直子执意要以完美的状态出现在渡边面前，所以拒绝了见面。满心等待直子好消息的渡边读完信失望极了，他的大脑一片空白。

绿子的信拯救了他，绿子说拖了许久都没有回信，也算惩罚了他的不告而别，两人相约吃午饭，互相交流各自的近况，可是渡边再一次惹恼了绿子。恼火的绿子在两人的聚会还没有结束就找借口离开了，留下的便签上写满了对渡边的失望。渡边无奈地回到新居，他给绿子打了几次电话都没有让她回转心意，两人就这样僵持起来。

经过绿子的两次闹别扭，渡边终于重新正视自己的心，他给玲子写了一封毫无保留的信，信中说："我爱过直子，如今仍同样爱她，但我同绿子之间存在某种决定性，在她面前我感到一股难以抗拒的力量。"

玲子回信安抚了渡边，有了玲子的开导，渡边的生活似乎平静了许多，直到直子的死讯传来。

渡边参加完直子的葬礼后离开了住处，开始在日本随意流浪。他在流浪的过程中，曾经穷困到住在渔船上，渔夫和他念叨逝去的母亲，那情景让渡边心中愤怒无比，当一个人失去爱人的时候，最无法忍受的恐怕就是听到别人谈论逝去的人。

可是那渔夫却善良极了，他给渡边送饭，还给了他回程路费，渡边被这样的好心温暖了早已冰冷的心，他拿着渔夫给他的钱，踏上了返回现实世界的路。

回到东京后的渡边，接到玲子的信，玲子说要来东京看他，并且想要和他好好谈一谈，她已经在疗养院住了八年，到了出院的时候了。

很久未见的玲子还和初见一样，脸上的皱纹都带着笑，渡边一见她就心情开朗，心中的郁结消散许多。两人回到渡边在吉祥寺的住处，玲子很坦诚地告诉了渡边自己知道的，关于直子的一切。

因为直子的病情需要集中治疗，所以要转去大阪的一家医院，在转院前，直子要求回疗养院整理东西，还想和玲子好好谈谈。玲子当然愿意和她在一起待一个晚上，尤其为直子当时的精神状态感到高兴。

当晚的直子一反往常的沉默寡言，简直是滔滔不绝，她对玲子说了和渡边仅有的那次深入接触，说了当时渡边的温柔，说她当时的感受多么美妙，说她知道这一生再不会有那种冲动。

玲子温柔地安慰直子，以为这只是直子的不安，谁知道早上的时候，直子留下一个类似遗书的纸条就独自赴死了。纸条上写着："衣服请全部送给玲子。"多么奇怪，没有任何其他的交代，唯独交代了衣服的事情，玲子在看望渡边的时候，就穿着直子的衣服。

渡边和玲子一起聊天喝酒，玲子还弹起吉他，他们在晚间的淡淡忧愁中谈论着死去的那个他们共同爱的人，理所当然似的相互拥抱，用一场性爱来覆盖当初那场凄凉的葬礼带来的伤感。

虽然吃惊，但总有一种意料之中的感觉，直子像是用玲子的身体在和渡边告别，祭奠自己一生中唯一一次性爱；玲子和渡边也是用自己的方式来告别直子，这一场酣畅淋漓的性爱，是直子一直渴望而不得的。

直子就这样消失在渡边的生活中，渡边终于清空了自己的心，拨通了绿子的电话，绿子在电话的另一头久久沉默。终于，绿子用沉静的声音开口道："你现在哪里？"

渡边环视四周，突然不知道自己在哪里，目力所及，都是不知要走去哪里的无数男男女女，他只知道，自己从内心呼唤着绿子。

到这里《挪威的森林》全书就完结了，而这个有些悲伤的故事，既是死者的安魂曲，又是青春的墓志铭。我们永远也不知道渡边有没有和绿子在一起，就像我们永远不知道渡边会不会成为第二个直子一样。

木月、直子、直子的姐姐，还有初美，这些离去的人，都是渡边生活中接触到的朋友和爱人，都经历过艰难的挣扎后放手人世。

他们不是坚强的人，可是他们努力了。死去的人永远不会再回来，没有人能够告诉我们在另一个世界是不是比这里安全许多，我们唯一能做的事情就是记住他们，然后带着他们的希望过好自己的生活。我们要幸福，才不辜负他们曾经有过的那些努力和挣扎。

Chapter 7

战争与和平·一曲格调庄重的时代交响乐

『书中流露出来对人性的悲悯情怀，穿越时空背景，仍旧撼动人心。』

列夫·托尔斯泰的长篇小说《战争与和平》几乎写尽了19世纪初欧洲和俄国的重大历史事件。它以俄国1812年的卫国战争为中心，同时涉及多个国家，以及著名人物的政治、军事、外交斗争。在真实和虚构之间随意切换，让我们看到了关于生命和生活的答案。

Step 1

《战争与和平》恢宏的构思和卓越的艺术描写震惊世界文坛，成为举世公认的世界文学名著和人类宝贵的精神财富。

托尔斯泰能写出优秀的作品，和很多因素有关。他有一个不幸的童年，很早就失去双亲，不得不在两位姑妈的监护下长大。他做过文官，也在军队中任过炮兵连长。他充满正义感，曾为一个殴打了军官的小人物，在军事法庭上据理力争。但这件事最终以失败告终，当事人被执行枪决。托尔斯泰也因为这件事，形成了反对封建农奴制、反对俄国法治、反对死刑的观点。

诸如此类的经历，让托尔斯泰对叔本华的悲观主义哲学产生兴趣，他开始对自己的贵族身份耿耿于怀。他对贵族制度的不满，使他陷入了两难境地。他不被当时的社会所接纳，甚至连身边的亲近之人都不理解他。妻子的不理解，让托尔斯泰再也感觉不到婚姻生活的美满。再加上后期两人的矛盾升级，托尔斯泰开始对周遭的一切感到厌倦。

为了逃避这一切，托尔斯泰选择了离家出走。托尔斯泰不被待见的思考，不同于常人的经历，最终都体现在他的作品里。凭借着作品，他获得了享誉全球的声誉。很多人把他与荷马、但丁以及莎士比亚并列。托尔斯泰一个人，就可以定义一个时代。

在这部《战争与和平》中，托尔斯泰向我们展示了人在历史当中的所思所想和爱恨悲欢。

说这部作品是“俄国革命的一面镜子”，一点也不为过。

俄国批评家车尔尼雪夫斯基，曾评价托尔斯泰作品里的人物塑造，说托尔斯泰在行文的过程中，遵循的是“心灵的辩证法”原则。

托尔斯泰笔下的人物，刚出场的时候，近乎孩童；作品结束，孩童便长大成人。在这个成长的过程中，他们不断地否定自己，直到自己的疑惑有了答案。

我们可以看到：不管是安德烈、皮埃尔还是娜塔莎，他们的价值观，都在随着各自的经历、走上的道路，发生着明显的改变。

托尔斯泰就从生活中出发，让我们见识一场困境，一个生命的消逝。进而让我们看到他们如何走出困境，又如何获得精神上的抚慰。

Step 2

1805 年，首都彼得堡举行了一场大型舞会。在这场晚会上，俄罗斯四大贵族家庭的成员中，有三位盛装出席。他们分别是：来自别祖霍夫家的皮埃尔，来自库拉金家的海伦，来自博而孔斯基家的安德烈。

四大贵族家庭之一的罗斯托夫家，邀请皮埃尔去吃晚饭，他因此认识了罗斯托夫家的娜塔莎。至此，我们的四位主角都出场了。

安德烈准备去服兵役，他把妻子送到童山，希望家人代为照顾。安德烈之所以如释重负，是因为自己在婚姻中没有感觉到幸福，甚至他自己也能清楚地感觉到妻子过得并不幸福。也许分开对他们双方来说，都是一种解脱。

安德烈的父亲，曾经是驻奥地利俄军总司令库图佐夫的老同事，所以，安德烈靠着父亲的关系，成了库图佐夫手下的一个副官。刚见到库图佐夫时，安德烈非常积极，他对战争怀着过分的热情，觉得只要走马上任，就能马上挽回皇权荣誉。

其实，他期待战争，只不过是希望通过战争来改变曾经那个颓废的自己。投入战争的安德烈，很快就适应了战场生活，之前他身上那种佯装、倦怠、懒散的痕迹不见了。

可惜战争进行得并不如安德烈想象般顺利，随着同盟国奥地利将军率领部队向法军投降，俄国陷入了危险处境中。

另一边，皮埃尔送别了父亲，顺利继承了遗产，成了大家眼中的单身贵族。之前一直嫌弃皮埃尔是一个私生子的人们，如今不约而同地转变了对他的态度。

即便是这样，皮埃尔最感兴趣的是海伦。虽然两人在外人眼中很像在谈恋爱，但皮埃尔总是在推迟求婚这件事。他在心底里其实认为，和海伦结婚，自己不会获得幸福，但是他依旧在继续这场恋爱。

在大家的怂恿下，他们举行了婚礼。人人都羡慕皮埃尔，因为他不仅拥有了海伦这个美妻，还拥有百万家产。

另一边，安德烈正投身到奥斯特利茨战役中，在开战的前一天，库图佐夫预感到可能要吃败仗，安德烈担心自己很可能在这场战争中牺牲。他害怕失望，但他更害怕自己来到军队，没得到足够的荣誉和名声。

战役很快就进入了白热化阶段，库图佐夫不幸身负重伤，安德烈手执军旗冲在了最前面。子弹在他的头顶上不停地呼啸，安德烈也被流弹击中。

仰面倒下的那一刻，他很想看看敌军情况如何，但是他什么也没看到，他看到的，只有天空。看着一望无际的天空，他才发现，原来人在天空面前，是多么微不足道。

接着，安德烈失去了知觉。等到他再一次有了知觉的时候，他发现自己已经被俘，甚至还见到了自己曾经崇拜的偶像拿破仑。只不过，安德烈在看到拿破仑满怀虚荣和胜利的喜悦脸庞时，觉得拿破仑也不过如此。

安德烈的伤势越来越严重，后来他被交给当地的居民去照料了。安德烈和皮埃尔，他们有着好的出身，作为贵族，他们已经不需要考虑物质条件，考虑的仅仅是精神的追求。

安德烈在家庭中，感觉不到幸福，他觉得继续沉迷于贵族生活不过是慢性自杀，因此，他想要参军。

安德烈本以为他能在军队中获得荣誉和名声，可以帮助他脱离日常颓废生活。结果，在最接近死亡的一刻，映入眼帘的天空，让他终于明白了人的渺小。

而皮埃尔，本是受人冷眼的私生子，但是却因为得到了一笔遗产，成了所有人眼中最可敬的人。他也意识到了贵族生活的沉闷，但是他没有选择去参军，他选择的是改变目前的生活处境。

因此，即便他认为自己和海伦两人的感情也许出了问题，也依旧选择了结婚。不管安德烈和皮埃尔寻求改变的路径是否正确，但他们都因对现实生活不满而挣扎。

后来，安德烈在战争中并没有获得自己想要的荣誉，于是再次回到了家乡。而皮埃尔和海伦的感情，也陷入了危机。

Step 3

1806 年，皮埃尔在婚后根据海伦的要求，留长了头发，摘掉了眼镜，穿着时髦的服装，出席各种舞会。但他的脸上，却总是充满了忧郁。

因为皮埃尔最近总是听到关于妻子海伦的诸多流言蜚语，说海伦与皮埃尔曾经帮助过的一个男子关系不清不楚。皮埃尔在冲动之下去找了海伦的情夫决斗。海伦在知道了决斗的事情之后，也开始质问皮埃尔。

两人因为这件事彻底闹掰，在皮埃尔提出分开以后，海伦索要了一部分财产，两人最终分开。

一周后，皮埃尔把他财产里最值钱的俄国田产的管理权交给了海伦，独自一人去到了彼得堡。在彼得堡，皮埃尔开始思考关于善恶和爱恨等问题，在机缘巧合之下，他加入了共济会。

共济会的成员和他平日里接触的贵族截然不容，让皮埃尔体验到了一种心安、新生和复活的快乐感觉。

皮埃尔对自己的生活感到不满，向共济会的成员寻求建议。于是大家建议他，回到彼得堡，过一段深居简出的日子，检查自己，不要重蹈覆辙。

皮埃尔打算约束自己的感情，从内心寻求幸福。他和新结交的共济会朋友告别，回到了自己的庄园，开始制订解放农奴的计划和措施，但实验以失败而告终。

而在另一边，安德烈的家人，收到了安德烈在战场负重伤阵亡的信息，全家沉浸在悲伤之中。她们并不知道，安德烈实际上是被俘了。

而安德烈的孩子此时即将出生，大家不敢把这个残忍的消息告诉他妻子。在安德烈妻子生产那一晚，安德烈竟然意外地回到了家，与此同时，他的妻子却因为难产而死。

随后，安德烈父亲被任命担任俄国八个后备军总司令之一，安德烈经历了上一次的奥斯特利茨战役，决心不再服兵役，他在父亲手下担任招募新兵的职务。

回家的皮埃尔来探访安德烈。当皮埃尔见到安德烈时，发现他已经不是昔日那个意气风发的军官，他眼神暗淡，整个人都毫无生气。

安德烈和皮埃尔，两人都随着经历变得成熟。他们促膝长谈，聊到了什么是幸福。

在皮埃尔看来，如果一个人只是为了自己而活，只能走向毁灭，而只有为别人而活的时候，才能迎来新生，进而找到幸福。但是安德烈则根据自己的经验，觉得并不如此，他过去一直是为了名誉而活，他总是希望得到别人的称赞。

但是结果，他其实在亲手毁掉自己的生活。反而是他开始为自己生活，才感觉到了内心的平静。最终两人在交流中，认为行善的乐趣，是生活中唯一可靠的幸福。

而这一次两人的见面，对于安德烈来说，有着重要的意义，他觉得这是自己新生活的开始。

他把皮埃尔没有完成的农奴改革，在自己的努力下完成了。他觉得自己起码做成了一件事情，已经无所求，不抱任何希望地度过自己的后半生。

但是，娜塔莎出现了。当安德烈在舞会上遇到娜塔莎的一瞬间，他就感觉到心脏的剧烈跳动。仅仅是和娜塔莎一起跳舞，他就感觉到幸福快要溢出来了。

之后，安德烈经常去娜塔莎家中拜访，两人在多次见面中，都觉得对方是自己心中最理想的伴侣。

安德烈决定求婚，却遭遇了父亲的阻拦。安德烈苦苦哀求，父亲最终给了一个条件，安德烈可以向娜塔莎求婚，但是需要推迟一年后才能结婚。

订婚后，安德烈因为要事需要前往罗马。两人不得不分开长达四个月的时间，娜塔莎逐渐感觉到了抑郁。

她觉得自己很可怜，本应该在被人爱的年华里，却在等待中虚度光阴。娜塔莎最终背叛了安德烈，他们不得不取消婚约。

Step 4

1812 年，法军越过了俄国边境。安德烈在和皮埃尔见面以后，就独自去了彼得堡，在那里，他遇到了自己的前上司，已经成为俄军总司令的库图佐夫。

安德烈本来因为爱上娜塔莎而对生活产生了新希望，却在两人取消婚约那一刻全部破灭了。

因此，在库图佐夫重新邀请安德烈加入军队时，他欣然接受了。

不久，波罗金诺战役爆发了，安德烈所在的团队是预备队，面对着敌人猛烈的炮火，安德烈不幸被榴弹击中腹部。

只不过这一次面对死亡和伤痛，他不再考虑自己的名誉，也不再在乎自己的情感问题。

生命里的一切，在他看来已经不重要了。

另一边，皮埃尔接到了妻子海伦的来信，海伦说十分想念他，恳求见一面。皮埃尔心情烦闷，正需要陪伴。他原谅了妻子的背叛，两人又住在了一起。

但是在海伦的眼中，皮埃尔依旧笨拙，海伦也依旧继续在社交场上游刃有余，展现出比皮埃尔更出色的能力。海伦凭借着自己的容貌，引起了很多人的注意，很快就打入了新的圈子。

大家都说海伦是既可爱又聪明的女人。但海伦朋友都认为，皮埃尔不过是交际明星海伦的古怪丈夫。皮埃尔觉得自己受到了侮辱，在他看来，要避免自己受到侮辱，要么不承认自己是海伦的丈夫，要么不再怀疑妻子。最终，他选择和海伦决裂，脱离家庭。

在这之后，皮埃尔开始出入娜塔莎的家。

这是因为，安德烈曾经拜托过皮埃尔，在自己出远门后，要皮埃尔照顾自己的未婚妻。

因此，当皮埃尔知道娜塔莎背叛了安德烈后，他本来是要去指责娜塔莎的，但娜塔莎陷入的其实是一场孽缘。

她爱上了一个有妇之夫，伤心的她吃下砒霜，身体一日不如一日。看到虚弱的娜塔莎，皮埃尔不忍心指责，内心也对她充满了怜悯。不知不觉之间，这种怜悯变成了爱意，他发现自己爱上了娜塔莎。

但是皮埃尔从未表露过自己的心迹，而是选择了离开。皮埃尔想逃避这一切，他觉得参军也许是唯一的选择。

这时候，法军和俄国在莫斯科的战争越演越烈。库图佐夫决定撤退，拿破仑占领了莫斯科。

在莫斯科生活的娜塔莎一家人，也在此时打算撤离莫斯科。在撤离的过程中，娜塔莎不仅遇到了皮埃尔，还遇到了安德烈。

皮埃尔心事重重，因为他想要去刺杀拿破仑，他甚至为此准备好了一套农民的衣服和一把手枪。

从战场上受伤撤退的安德烈，正好和娜塔莎乘一驾马车同行。看到安德烈身受重伤，娜塔莎主动承担起了照顾安德烈的责任。但是如今的安德烈看到娜塔莎，已经没有一点欣喜之情。

安德烈总是发着高烧，清醒的时刻非常少，因为伤势过重，翻身引起的疼痛，都可以让他疼到失去知觉。在重病面前，两人都放下了往日的芥蒂，开始变得亲密起来。

但在这种战争逼近的形势之下，他们对婚姻对家庭甚至是对未来，都再没有了往日的期待。

皮埃尔在路上遇到了一场大火，他从火中救出了一个小女孩。正当他打算把小女孩交给她母亲手中时，遇到了法国的巡逻队，法军以纵火罪嫌疑人作为理由拘捕了皮埃尔。皮埃尔被带进了拘留所，并在严格的看守下被单独监禁起来。

Step 5

皮埃尔被单独关在禁闭室，逮捕他的军官和士兵并不敢得罪皮埃尔，他们担心要是皮埃尔是一位大人物，日后将会找他们麻烦。但很快，单人禁闭室都被征用了，皮埃尔不得不和其他犯罪嫌疑人关在一起。

这些犯罪嫌疑人都是俄国最下层的人民，他们看出来皮埃尔是一位贵族，所以疏远他，这让皮埃尔烦闷不已。皮埃尔听到法国人在商量枪毙犯罪嫌疑人，皮埃尔感觉自己难逃一劫，但没想到他很快被赦免了，被派去了战俘营。走出监狱的皮埃尔，发现曾经繁华的莫斯科如今变成了一片瓦砾场。

与此同时，伤势严重的安德烈等来了家人。但安德烈的伤势越发的严重，他在生命的最后关头，才明白他是因为爱，才曾经拥有这一切。也正是因为失去了爱，才践踏自己的生命。

安德烈的病情越发严重，很快便去世了。刚重逢的家人都非常伤心。亲人们想到娜塔莎不知道该如何面对安德烈去世的事实，孩子还小却已经失去了父亲，而安德烈年迈的父亲也不知道晚年该如何依靠。他们看着安德烈的尸体，在这动荡的环境下不禁悲痛欲绝。

此时在莫斯科的法国军队，只知道洗劫掳掠，早已丧失了战斗力。而俄军自从撤离莫斯科，在塔鲁丁诺附近已经休息了一月有余。俄国军粮充裕，士气得到了恢复，求战心切。

双方的军队力量开始发生改变，在这样的情况下，俄军发动了塔鲁季诺战役并大获全胜。

法军闻风而逃，包括皮埃尔在内的一批俘虏也被拯救了出来。出院的他先是知道了安德烈去世的消息，接着听说已经和自己断绝关系的妻子海伦也离开了人世。

之前被关在禁闭室太久，在医院又躺了三个月后，皮埃尔感觉到了自由的喜悦，他不再去想人活着究竟是为什么。因为此时的自由，就是他想要的一切。

而另一边，娜塔莎在安德烈死后，开始变得极其消沉，她沉浸在安德烈死去的悲伤中，她变得孤立，不想见任何人，甚至连对着家人都不愿意说一句话。好景不长，娜塔莎的母亲开始生病，娜塔莎这才逐渐把注意力转移到照顾母亲身上。

当月月底，安德烈的家人处理完后事，打算回莫斯科，他们邀请娜塔莎同去。同一时间，皮埃尔也回到了莫斯科去看望昔日好友安德烈的家人，再次见到了娜塔莎。

但是这时候的娜塔莎，脸瘦削且苍白。她面无表情，直到皮埃尔给她打招呼，娜塔莎才吃力地笑了笑。

两人如今都是单身，再没有什么可以阻挡他们在一起了。但是皮埃尔觉得，时机还没成熟，他选择了离开。而在皮埃尔离开以后，娜塔莎才意识到，只有皮埃尔才能让她再次开心起来。

娜塔莎不管是对安德烈和皮埃尔，都有至关重要的作用，可以说，娜塔莎是他们两个人思想转变的重要见证人。

在安德烈身负重伤后，娜塔莎承担的与其说是一个爱人的角色，倒不如说是一个很好的看护员。她给了安德烈爱情，但是却没有成功让安德烈继续活下来，因为此时的安德烈不再是之前那个失去生活兴趣的他，那时候，安德烈可以靠着娜塔莎的热情唤醒自己对生活的热情。

这一次，安德烈面对的是死亡，在死亡面前，娜塔莎也无能为力。甚至在安德烈死后，娜塔莎也长时间失去了对生活的兴趣。所以，她的脸上不再有生气，她失去了获得快乐的途径。而皮埃尔的出现，让她看到了生命中还存在一点亮光。

只有在失去时，我们才会明白，什么是遗憾。

皮埃尔曾经最不缺的就是自由，所以失去的时候，才知道自由的可贵。因此，在成为法国战俘以后，他唯一想要的就是自由。拥有自由，在他看来就是拥有了一切。而皮埃尔和娜塔莎，他们两人的相遇，也许是拯救彼此的一个契机。

Step 6

自从莫斯科的战争过去，和平再次降临，已经是多年以后。皮埃尔娜塔莎早已结婚了，从 1813 年到 1820 年，娜塔莎已经生下了三个女儿和一个儿子。

婚后，两人去过不同的地方体验生活。莫斯科、彼得堡、郊外的村庄以及娜塔莎的娘家，都有他们的足迹。

婚后的娜塔莎，接二连三地怀孕、生孩子，她时时刻刻地参与到丈夫的生活里，她谢绝了一切社交活动。娜塔莎和婚前判若两人，她如今所有的热情和爱，都用在了家庭中的丈夫和孩子身上。她唯一在意的，就是自己的家庭。

皮埃尔在婚后也仿佛变了一个人，他听从娜塔莎的所有要求。他不再对其他女子献殷勤，和其他女子对话时，也不敢露出一点笑容。

他不敢去俱乐部用餐，借以消磨时间；他不敢乱花钱，除非自己办正经事。妻子也支持皮埃尔做的一切事。在家里，他可以有权处理自己的事，也可以按照自己的意愿处理家务。

在这段关系里，娜塔莎像是皮埃尔的一个奴仆，她也甘愿成为这样一个角色。只要皮埃尔工作，不管是他在书房里写字还是读书，全家人都不能发出声音，只能踮起脚尖走路。

而对皮埃尔的要求，娜塔莎也是尽可能地去完成，他们之间形成了一股默契，只要皮埃尔一有所表示，娜塔莎就会立刻为他完成。

当然，皮埃尔所做之事，娜塔莎也并非全都知晓，因为皮埃尔有时候会出远门，出发去往彼得堡。

娜塔莎以为他是去处理田庄的事情，但皮埃尔却越发显得神秘起来，这让娜塔莎逐渐感到怀疑。

每一次从彼得堡回来，他都在谈论一个叫十二月党人的秘密团体，这让娜塔莎逐渐感到不安。

因为这个秘密团体，皮埃尔总是要出远门。娜塔莎对丈夫离开自己，时常感到心情烦闷、烦躁不安。

还好，照顾孩子给了她一定程度上的安慰，让她的情绪得以缓解。

每一次出远门回家以后，皮埃尔知道妻子的情绪都会受到影响。他虽然知道娜塔莎很快就会平静下来，他甚至有时候会觉得好笑，但是他不敢对着妻子笑出来，怕让妻子更伤心。

他解释自己外出未能按时回家的原因，同时尽可能地询问，在他离开这段时间，家里所有情况。正是因为有彼此的理解和退让，所以童山这一处庄园，虽然有不同的圈子，但依然可以互让互谅，给人一种和谐的感觉。

皮埃尔和娜塔莎还会注重思想上的交流。两人慢慢懂得如何相处，知道对方如何说话是吵架的前兆。一旦意识到这一点，他们就会停下交流，换一种方式说话。

婚后的娜塔莎，开始对钱财吝啬起来，这在很多人看来，是缺点，但是对皮埃尔来说，却是一大优点。因为娜塔莎的这种行为，让他们的钱财越积越多。因此，很长一段时间，他们过的也是寻常家庭的小日子。

一起经营着农庄、一起养育四个孩子，他们夫妻关系和谐，他们不穷，但是也绝不乱花钱。

而每一次皮埃尔的远出，也都会给家人买礼物，不仅家中长辈有，娜塔莎有，孩子们也有。

虽然每一次在皮埃尔带礼物回家时，娜塔莎看着皮埃尔一份一份的整理，她也会觉得皮埃尔浪费了钱，但当娜塔莎收到了礼物时，她还是很开心地把皮埃尔带回来的东西物尽其用。

皮埃尔贴心的举动，让娜塔莎感受到了在他心里的位置。

Step 7

托尔斯泰的评论家也是友人的斯特拉科夫曾以几句很有力的话表达他的看法："完整的人生全貌。完整的当代俄国写照。完整的所谓历史和民族挣扎的史诗。描写人们从中可以发现自己的幸福与伟大、自己的苦难与屈辱的一切情境的完整观照。这就是《战争与和平》。"

从这本书我们看到了战争与和平年代下的不同人情世态，看到了皮埃尔、安德烈、娜塔莎三位主人公的成长历程。

皮埃尔一出场就吸引了大家的目光，因为他的出身不光彩，是一个见不得人的私生子。人们虽然之前从未见过他，但八卦却从来不断，每个人都听说过他。他后来之所以会被大家接纳，是因为他继承了父亲留下的巨额财产。他从来没有学会过拒绝，直到与海伦结婚，他的命运都是被别人安排的。他和海伦结婚之前就知道两人在一起不会幸福，但却没有拒绝，最终导致了悲剧。

对皮埃尔真正有影响，让他思想发生变化的人，是安德烈和娜塔莎。他们一位是朋友，一位是伴侣。他从开始被人安排命运，走上了自己决定命运的道路。

安德烈和皮埃尔不一样，他拥有贵族应该拥有的一切。他早早结了婚，妻子美貌，但是夫妻二人都感觉不到幸福，于是安德烈决定逃离，选择了去服兵役。

但是他去服兵役，也有自己的私心，他只是想要获得荣誉，而并不是想要改变什么。他有过两次思考，来源于他的两次受伤。

第一次受伤时，他倒在地上，看到了无限的天空，意识到了人的渺小。而第二次受伤，他开始思考关于生死的问题。只有在极端情况下，安德烈才能真正开始思考。

娜塔莎的出现，改变了安德烈对爱情的态度，他虽然知道自己愿意和娜塔莎结婚，但是其实他内心还是有所怀疑的，他不能真正下定决心，父亲要他推迟一年结婚，他选择了接受。

从和娜塔莎订婚到取消婚礼，安德烈开始思考问题出在了哪里，等再一次重伤后和娜塔莎相遇，他已经能够正视自己的问题了。

娜塔莎在不知道如何表达自己思想的时候，总是用行为去做一些出格的事情，而她的选择就是背叛。娜塔莎总是怨恨自己的未婚夫安德烈抛弃自己，她受到的折磨，需要一个出口，她也选择了把情感寄托给他人。

娜塔莎的行为，是知道自己生活出了问题，但是寻不到解答办法所做的无力选择。这个时候的娜塔莎，她眼里只有自己。

她的真正改变，是再一次面对重伤之下的安德烈，她能够看清楚自己的心，也能够去承担自己的义务，甚至为自己的行为道歉。她学会了承担责任，这时候她眼里有了另一半。

在安德烈身上，她看到了问题所在。而她真正的改变，得归功于皮埃尔。当娜塔莎经历了和安德烈的死别，面对已经成长起来的皮埃尔时，她终于开始尝试去理解别人。

和皮埃尔结婚后，不管是对皮埃尔工作的支持，对家人付出的热情，还是全身心地管理庄园，她都表现出了自己卓越的能力。

从他们的经历中，我们看到了很明显的成长变化。

皮埃尔、安德烈和娜塔莎，他们三人都经历过高潮与低潮的浮沉，他们最初面对生活中的难题束手无措，都做出过错误的决定，承担了不好的结果。但他们学会了不在高潮时紧张，不在低潮时颓废，以一种平和的心态，对待自己的人生。

他们也终于懂得，在成全自己的过程中，与过去的自己握手言和。

也许，托尔斯泰藏在作品中的真义，也就是要我们在阅读他的故事时，不仅要身临其境，还要思考如何完成自我蜕变，最终完善自我。我们唯一需要做的，是在接下来的日子里，不停地出发，然后抵达新的彼岸。

Chapter 8

少年 Pi 的奇幻漂流 · 人生和自我都是用来相处的

『有些东西并不合理，但你必须相信。』

毕业于哲学系的作家写的这本小说里，讨论了自由、人性、信仰、成长等许多问题。尽管“这个故事有一个幸福的结局”，但真相依旧震撼人心。

Step 1

我是在印度南部（寻找灵感的时候）被介绍认识那个当时的少年的，也就是故事的主人公派西尼 · 莫利脱 · 帕特尔。

这个名字在他幼年时常常被嘲笑，“派西尼”在法语中是“游泳池”的意思，而在英语中与“小便”谐音。于是帕特尔在升入中学的时候，对每一位老师自我介绍“大家都叫我派 · 帕特尔”，在黑板上写下 π=3.14。于是“派（Pi）”的称呼就这么传开了。

Pi 花了很长的时间向我讲述他的故事。他给我看过他的照片，关于他的童年的照片只有四张，里面没有他的父亲，也没有母亲，也没有哥哥。几乎所有当年的照片都遗失了，就像是一段刻意想要被遗忘的岁月。

有一次我拜访 Pi 的时候，他突然说：“来见见我太太。”我这才知道他结婚了。很快我又见到了他活泼的儿子和害羞的女儿，还有他家里的一只狗和一只猫。我看着 Pi 抱起他的女儿，才发觉这个故事有个幸福的结局。

由于家庭的影响，Pi 成了一个印度教徒。他还是个婴儿的时候就被带去参加净化仪式，熏香缭绕的烟雾和芬芳的气味、火焰明亮的颜色和温暖的触感，从此在他的生命中留下了深深的烙印。

印度教构建起了 Pi 的世界观，而基督教则构建起了 Pi 的人生观。紧接着 Pi 又信了伊斯兰教。另外，他的生物老师库马尔先生对 Pi 影响也很大。库马尔先生是一位无神论者，只信仰科学和理性。Pi 对一切有信仰的人都感到亲切，不管信仰的对象是什么，信仰本身都是值得敬佩的。

这段经历促使 Pi 后来在多伦多大学，同时学习生物学与宗教学两门学科。

Pi 在很早的时候就向人宣告自己的名字是“π”。尽管刚开始的时候只是为了避免来自同学的恶意，但他逐渐感觉到，以自己的心为圆心，生活的经历慢慢地画出了一个圆周。

对于 Pi 来说，圆就是他的哲学。当自己这个圆的圆心和世界这个大圆的圆心重叠的时候，他相信他看见了神。这时候，Pi 感到他与环境中的每一个元素相互之间都和谐地相处，一种宁静的喜悦席卷 Pi 全身。

对Pi而言，信仰只是一种坚定的信念，而并非什么确定的宗教。Pi 同时信仰着基督教、伊斯兰教和印度教，尽管它们水火不相容，但在 Pi 身上却和谐地相处着；同时 Pi 也相信科学和理性，他相信世界一定是在按照某个秩序运转，这使得日后 Pi 在太平洋上漂流时是个果断的行动派。

在 Pi 搭乘的船失事之后，Pi 更加强烈地感到自己处在一个圆圈之中。四周都是海洋，地平线将世界切割成了一个圆形的舞台，他赖以生存的那条救生艇就是圆圈中心的一点。

生活本身也成了一个圆，以自己为圆心，以孤独为半径，圆弧上是无尽的宇宙，日升月落，周而复始。

日复一日面对着这样的圆，孤独似乎画地为牢，将自己囚禁在无垠的大海上，Pi 感到绝望得要发疯。但是他还没有失去自己的圆心，求生的渴望让他经受住了一次次风暴和饥渴的考验，在孤独与绝望中熬到了获救的那一天。

对每一个人而言也是如此。在生活中总要有一种可以持之以恒的、贯穿整个生活的东西，以此作为我们生活的基础。它就像是一处避难所，在生活遭受重大打击时，仍然能够提供安全感。它可以是一件想做的事，可以是一个牵挂的人，也可以是一个执着的信念。当心底有了这份坚持，在面对生活中的种种挫折与考验时，就有了继续向前的勇气与信心。当一个人无所畏惧地向前时，他自己就是一支队伍，就是一个世界。

Step 2

Pi 的父亲在本地治理经营一家动物园，因此 Pi 是在动物的世界中长大的。每天早上叫他起床的是一群狮子，目送他上学的是水獭、美洲野牛，迎接他放学的是大象和猩猩。

Pi 熟悉动物的生活和行为方式，他深知动物神经的脆弱性，在它们生活中最微小的变化也可能打破它们惯常的行为，引起一系列面对危险时特有的应激反应。

每一种动物都有自己感到安全的距离，一旦跨过了那个距离，它们就会开始警觉。在动物园里训练动物缩短安全距离是非常重要的，只要给了它们足够的食物和安全感，它们就不会想要逃跑。

如果要驯服一只动物，那就应该在它面前树立绝对的威严，让它知道在这个群体里谁才是老大。

动物有时会将人或者不同种类的动物当成自己的同类。在 Pi 的动物园里，犀牛和山羊在一个笼子里和平共处，金色刺豚鼠和斑点无尾刺豚鼠满意地挤在一起，紧挨着睡觉。动物们也需要伙伴，以此避免孤独的境地。

Pi 的父亲曾经在动物园给 Pi 上过难忘的一课。他告诫 Pi 和他的哥哥拉维，永远不要试图亲近动物，哪怕它们看上去是多么无害或者多么可爱。

Pi 的父亲要饲养员把一只老虎饿了三天，然后带他们去看饥饿的老虎如何捕杀山羊。

接着父亲告诉他们，生命会保卫自己，无论是多么小的生命。每一种动物都很凶猛，很危险。也许它不会杀死你，但是它一定会伤害你。

当时的Pi觉得，自己永远不会傻到想要伸手去摸一只老虎的皮毛。但是他没想到，有一天他会和一只年轻力壮的孟加拉虎，在狭小的救生艇上共同度过两百多天。

1976年，甘地夫人接管了印度，Pi的父亲认为她将进行独裁统治，于是他决定带着全家移民到加拿大。

加拿大，对于Pi和拉维来说遥远得没有概念。但他们知道，父亲开始卖掉动物园。办那些买卖的手续花了一年多的时间，父亲几乎要把头上的每一根头发都扯下来了。

终于，他们带着一些要去往美国的动物登上了一艘日本货船，永远地离开了印度。

Pi也没有再回到印度，对他来说，那里有很多记忆，却再也没有什么可以留恋的了。

《少年Pi的奇幻漂流》一共三个部分，第一个部分主要讲述的是在Pi开始航行之前，少年时期在印度本土的生活。

作者花了很多笔墨来描写Pi对动物行为和训练动物方面知识的了解，以及他的宗教生活。虽然和Pi的漂流故事比起来，这些确实很枯燥，但它既是第二部分情节得以展开的基础，更是我们理解这个故事中主要隐喻的关键部分。

正是因为Pi有着丰富的动物学知识，他才能够在海上极端艰苦的条件下保证自己不被老虎吃掉，并驯服了老虎。

而他的信仰则为他提供了坚定的支持，他相信上帝不会抛弃他的，这使得他在孤独与绝望中没有完全崩溃。

“动物”是这部小说中最主要的隐喻。动物就像是人类的一面镜子，人们能够从中看到自己的影子。

“痴迷于把我们自己置于一切的中心，这不仅是神学家的灾祸，也是动物学家的灾祸。”在这一点上科学与神学不谋而合，他们都相信，在宇宙中，人并不居于中心地位。

人与动物应该处在同等的位置，二者之间有那么多相似之处。每个人都像是一只动物，人们生活的社群就像是一个大型的动物园，在这个动物园中大家学会如何与不同于自己的动物相处，共同遵守一套规则。

在Pi眼里，动物园就像是一个社会，动物在其中的秩序和人在社会中的秩序是一样的。

动物园里的栅栏保证了动物的安全感，让它们可以接受自己的安全范围变小；而社会的种种道德约束则保障了人的安全感，让他们知道在集体中自己不会伤害别人，也不会被谁伤害。

人们对于动物园的误解，就像是人们对于宗教的误解。这是对于自由的误解。不管在哪里，不管是对于人还是对于动物，都不存在无条件的自由。

当Pi在大海上漂流的时候，他就像是一只从小生活在动物园里的动物，突然被抛入了命运的荒野之中。在那种脱离了人类社会的“绝对的”自由之中，自由没有了任何意义。

Step 3

这天晚上，Pi 在睡梦中被一声爆炸声惊醒。Pi 走到甲板上，看见了惊慌失措的动物，有谁把动物笼子打开了。接着，他发现船向一侧倾斜，船舱里很快灌满了水，Pi 的家人正在那里沉睡。

Pi 跑上桥楼去找高级船员，想让他们帮忙救出家人。但他们只给了 Pi 一件救生衣，就把他从船上扔了下去。

Pi 落在半边盖着油布的救生艇上。接着一匹斑马跳了下来，然后船沉了，它发出了一声仿佛金属打嗝般的巨大响声，在水面上冒了几个泡泡就消失了。

一切都在尖叫，大海、风雨和 Pi 的心。

Pi 在大海的波浪中看见了正在挣扎的理查德 · 帕克，一只三岁的、成年的孟加拉虎。

一种同是天涯沦落人的亲切感使得 Pi 向它抛出了救生圈，但当他把理查德 · 帕克救上船之后，才意识到自己干了什么——他必须要面对救生艇上有一只老虎这个事实。

Pi 抓起救生圈跳进海里，海水又黑又冷。很快 Pi 看见海里有鲨鱼，他只能以最快的速度抓起漂在水面上的船桨，把它插进油布没有系牢的地方，然后紧紧抓住船桨，吊在船头。

Pi 觉得他的理性让他放弃生命，但求生欲让他坚持了下来。

天亮的时候，雨停了。Pi 小心翼翼地挪回救生艇上。Pi 看到在救生艇上有摔断一条腿的斑马，还有一只鬣狗。接下来的两天，鬣狗一直围着受伤的斑马转悠，最终吃掉了它。

在这段时间里，Pi 从满怀希望地等待救援以及与家人的团聚，到绝望地承认没有前来搜救的人，也没有路过的船。当 Pi 看到理查德 · 帕克还在油布底下的时候，他丧失了所有希望。他有可能战胜一只鬣狗，但不可能战胜一只老虎。

这种绝望反而使得 Pi 镇定下来。他意识到自己已经三天没有吃过任何东西，也没有喝过水了。他慢慢地探索着这条救生艇，并从油布下面找到了装着补给的锁柜，里面有淡水、干粮、毛毯、蒸馏器等必需品。

为了躲开理查德 · 帕克，Pi 用救生衣、船桨和绳子给自己扎了一个小筏子，系在救生艇的后面。这段时间里，理查德 · 帕克咬死了鬣狗。

这一晚，Pi 是在小筏子上度过的，一整晚他都担心把小筏子和救生艇系在一起的绳子会松开。除了一遍遍地检查绳结，Pi 还在不断地思索要怎么对付理查德 · 帕克。

第二天，Pi 醒来的时候发现理查德 · 帕克的神情就像一只大猫，还发出了呼噜声，表示友好。这让 Pi 意识到，只要它吃饱了，它就不再具有攻击性。他可以驯服它。

这是 Pi 海上航程的开始，也是他最恐惧与无助的一段时间。

他眼睁睁地看着货船在自己面前沉没，带着他的家人和那些他熟悉的动物，带着他过去的所有记忆与对未来的所有希望。

但 Pi 没有放弃，他相信能活下来是上帝给的奇迹，现在他要把奇迹变成规律，只要行动，令人惊奇的事情每天都会发生。

我们每个人的生活不也正像是在大海上的航行吗？小船有时一帆风顺，但也时常会遭到风浪，那是来自生活的挑战——或许是工作、学习上的挫折，或许是亲人朋友的离开，这些都会对我们的生活造成影响，甚至会把原有平静的生活拦腰截断。

但是所有的磨难都只是为了更好地成长，只有在困难中才能知道自己可以爆发出多大的潜力，只有在迷茫中才能找到真正坚定的信念。

就像 Pi，在货船沉没之前他一定从没有过那样强烈的活下去的渴望，也从不知道自己能够真正驯服一只老虎。

理查德 · 帕克，一只年轻、健康的孟加拉虎，就这样成了 Pi 海上漂流的唯一一个伙伴，也是他需要解决的第一个问题。它是对 Pi 生命的最大威胁，更是恐惧的直接来源。

而恐惧，是生命唯一真正的对手。

它不是来自外界，而是源自我们的内心，因此它可以直击我们的弱点。当意志不坚定的人最终抛弃了希望和信任，他就被恐惧彻底打败了。

在现实生活中，如果有这样一些事情让我们想要逃避、不愿意正面面对，那么我们首先要面对的是自己内心的恐惧。

这种恐惧通常不像对死亡的恐惧那样是来自本能，而是来自之前的生活经历。当你真正弄清楚自己在害怕什么，就能够通过有意识的训练克服这种恐惧。

Step 4

Pi 所学过的动物学的知识，在这时候派上了用场。

Pi 变成了太平洋上的驯兽师，从他的小筏子上站了起来，向着大海、天空和鱼群宣布：派 · 帕特尔马戏团要开始表演了。

当哨声响起的时候，理查德 · 帕克咆哮起来，大海和哨声让它感到害怕，它从船舷边跌进了船底。第一次训练课结束了，Pi 取得了巨大的成功。

Pi 重新读了一遍和补给放在一起的救生指南，发现自己还有很多很多的事情需要做：要开始捕鱼，作为理查德 · 帕克的口粮；要改造小筏子，遮蔽阳光和风雨，并且使得它适于居住；训练理查德 · 帕克，让它明白救生艇上它的地盘在哪里，从而能让自己安稳地待在救生艇上……

Pi 知道，他不应该对外来的帮助抱有太大希望，生存得从自己开始。失事者最糟糕的错误就是抱的希望太大，做的事情却太少。

生存得从注意近在手边的东西和需要立即去做的事情开始，带着盲目的希望往外看就等于虚度生命。

Pi 做了蒸馏水，在小筏子上做了一个可以遮挡阳光的帐篷，第二天还开始尝试钓鱼。Pi 把鲯鳅扔进救生艇，很快就听见理查德 · 帕克砸吧嘴的声音。他用力吹了几声哨子，提醒理查德 · 帕克是谁给了它食物。第二天，Pi 从蒸馏器里取出淡水，喂给理查

德 · 帕克一桶。

Pi 和理查德 · 帕克分别用自己的尿液标记出了自己在救生艇上的地盘，这是 Pi 回到救生艇的第一步。

在海上，Pi 让自己不停地忙碌：对救生艇和小筏子做常规检查、保养太阳能蒸馏器、捕鱼、加工鱼肉、写日记……这是他能活下来的关键之一。

Pi 花了很长时间研究航海指南上关于如何航行的建议，但他看不懂，就只好让自己在海上四处飘荡。后来 Pi 慢慢地发现，他是在被赤道逆流带着前进。

担忧和焦虑使得 Pi 睡得很少，每次睡着时间很少超过一小时。

有许多次他觉得自己看见了远处的灯光，但是他用完了所有的信号弹，也没有一条船来救他。在一次次的失望之后，Pi 最终放弃了被船只救起的希望，开始逐渐适应海上的生活。

他不再对外界抱有希望，转而开始求助于自己，依靠自己的努力在救生艇和小筏子之间开辟出了一个小天地。

他意识到自己有强烈的求生欲，他必须为生活奋斗。Pi 从一个严格的素食主义者变成捕猎者，他很快地适应了血腥与猎杀，并且对自己所表现出来的力量感到自信与自豪。

在远离人类社会的环境中，Pi 凭借最原始、最野蛮的方法生存下去。在这样的环境之下，Pi 迅速地成长。他学会了正视自己的痛苦和绝望，并且接受命运所带给他的绝境。

Pi 依然思念遇难的亲人，但这种痛苦没有阻碍他的行动，他开始学会遗忘，忘记时间和悲伤，转而把全部的精力和时间投入到改善目前处境的行动中去。

Pi 开始接受自己的痛苦。一望无垠的大海让他感到，在这庄严宏伟的背景下，自己的痛苦是多么有限、多么无足轻重。

在浩瀚的自然和宇宙面前，人类是多么渺小，一个浪头、一条鲨鱼就可以消灭痛苦所依附的这具身体。

Pi 意识到不能让痛苦摧毁自己，只有活下去，才能有继续体验痛苦的资格。

生命的存在是我们与这个世界的唯一联系，它将精神世界的广阔与宇宙的广阔联系起来，它也是我们唯一拥有的具体实在。

走出困境的方法只有一个：行动。尝试各种可能的解决办法，学习所需要的知识和技能。行动会不断突破自己原有的边界，行动的过程也是改变自己的过程。

就像 Pi 不得不杀鱼、杀海龟，从小心翼翼狠不下心到习惯和麻木，在远离文明的浩瀚大海上，兽性在 Pi 的血液中慢慢复苏。

成功的结果会让人更有自信，但失败也会不断调整我们对于自我和世界的认识。所谓成长，就是不断遇到困难、解决困难，不断提升自我的过程。

Step 5

对于怎样驯服理查德·帕克，Pi有一个完整的计划。他知道理查德·帕克晕船，所以他会让船摇晃，并且吹口哨，让它建立“哨声—晕船”的条件反射。这是驯服的第一步，明确地告诉理查德·帕克它的地盘在哪里。

接着Pi开始在救生艇上清理理查德·帕克的粪便，是让理查德·帕克知道，Pi才是救生艇上拥有权力的人。

Pi一边清理，一边瞪着理查德·帕克看，并且吹响哨子。这么做的结果是，理查德·帕克不敢与Pi有眼神的接触，Pi感觉自己正在取得控制权。

当救生艇再一次遇到飞鱼雨的时候，一条鲯鳅追着一条飞鱼飞了起来，撞在船舷上，一股鲜血喷洒在油布上。

Pi抢在一条鲨鱼之前把它捞了上来，但还是引起了理查德·帕克的注意，它就要扑向Pi了。Pi已经来不及躲开，甚至也来不及吹哨子，饥饿使得他不愿意放弃这条鲯鳅。在完全赤手空拳的情况下，Pi死死地盯着理查德·帕克的眼睛。

突然之间，野兽的强壮体力对Pi来说只意味着道德上的软弱，这股力量根本无法和他心中的力量相比。Pi死命地瞪着理查德·帕克，一人一虎就这样对峙着。最终，理查德·帕克舔了舔鼻子，咆哮一声，转过身去，愤怒地拍着飞鱼。

从这天开始，Pi 感到他的主人地位不再受到质疑，于是他待在救生艇上的时间越来越长。

先是在船头，然后面对着理查德 · 帕克躺在油布上，接着是背对着它。

在海上，Pi 每天祈祷，告诉自己与上帝之间的关系，但也经常觉得上帝抛弃了他，觉得自己陷入了无边的黑暗。

维持生命的口粮变得越来越少，最后 Pi 吃完了救生艇上的补给，所有的鱼和海龟在 Pi 的眼中都变得无比美味。他啃鱼鳍关节，把骨头咬开，吸食里面的骨髓，生命倒退回茹毛饮血的原始阶段。

他可以把任何东西放进嘴里，嚼一嚼，吞下去，无论它是鲜美、恶臭还是淡而无味。

Pi 也在和理查德 · 帕克争夺有限的食物和淡水，虽然总是理查德 · 帕克吃大份。在一次暴风雨之中，小筏子被吹走了。于是 Pi 彻底住到了救生艇上。

Pi 唯一一次真正看到别的船只，是一艘油轮，它笔直地朝救生艇冲了过来，在激动和慌乱之中，Pi 把信号弹发射偏了，它从油轮侧弦掉到了海里，油轮上没有人看见他们。

二十分钟的时间里，Pi 经历了兴奋、渴望、失落、痛苦和孤独。这时候，理查德 · 帕克成了 Pi 继续生存下去的动力。一方面，理查德 · 帕克的陪伴让 Pi 不用再独自面对绝望；另一方面，它也逼迫 Pi 不得不面对现实的处境，而不把太多的时间花在悲伤和自怜上。

这绝不仅仅是说理查德 · 帕克是他在无边的孤独中唯一的伴侣，更重要的是，它是 Pi 的求生欲。正因为有了理查德 · 帕克，

Pi 才会做出违背自己信仰的事情。

然而 Pi 最终没有被理查德 · 帕克吃掉，这就意味着他没有让恶的那部分自我取得对精神的控制权，Pi 始终留存着作为人的良知与理性。

Pi 花了很长时间驯服理查德 · 帕克，也花了很长时间来驯服自己心中的恶和兽性。这不仅意味着对本能的克制和约束，更意味着在海上和本能共存。

Step 6

Pi 感到自己的生命已经到了极限，已经能够看到死神的微笑了。他和理查德 · 帕克都瘦骨嶙峋、奄奄一息，陷入长时间的昏睡之中。

救生艇上的所有东西，在日晒雨淋和海盐的侵蚀下都变得粗糙破烂，包括身体。

Pi 发现理查德 · 帕克吃东西变得很慢，在它茫然地望着 Pi 的时候，Pi 意识到它瞎了，接着 Pi 自己也失明了。

在垂死的黑暗中，他突然听见一个声音：“有人吗？”Pi 断定自己是疯了，他决定与这幻象对话。突然，Pi 明白了，和他对话的是理查德 · 帕克。

“我很好奇，告诉我——你吃过人吗？”Pi 问理查德·帕克，“你有吃人的名声。”理查德 · 帕克沉默了。最终他承认他杀过两个人：“不是他们死就是我死。”

Pi 意识到，理查德 · 帕克的英语有法国口音，而作为一只在印度长大的孟加拉虎，这是不应该的。这不是理查德 · 帕克，而是另一个人！他遇见的，是另一个和他处在完全一样的处境的人：独自处在一艘救生艇上，没有食物，没有水，并且双目失明的人。

他们的船碰在一起，Pi 想要拥抱与他同样落难的人。但那人却伸手掐住了 Pi 的脖子。在挣扎中，那个人一只脚踏上了理查德·帕克的地盘。很快Pi又是单独一个人了。

Pi能听见它把肉从那个人的身体上撕下来，咬碎了他的骨头，他的鼻子里充满了血腥味。就在那一刻，Pi知道自己心里的某种东西死了，再也没有复活。

Pi摸到那个人的船上，发现他撒了谎，他还有一点点食物和水。Pi吃完这剩下的食物，回到了自己的救生艇上。两天后，他恢复了视力。Pi在一次睡梦中醒来的时候，发现救生艇漂到了一座小岛上。小岛既没有沙滩也没有卵石，所有的树都是从海藻上长出来的。

Pi小心翼翼地踩上了小岛，证实了这不是幻觉。

海岛中央是一片绿色森林，森林周围有几百座分布均匀、大小相同的池塘，池塘里是淡水，池塘与池塘之间整齐地长着稀疏的树木。池塘和树木之间栖息着成千上万只沼狸——它们是理查德·帕克的食物。除此之外，这座岛上并没有其他任何生物。

在这个天堂里，Pi很快恢复了体力，理查德·帕克也是如此，但它始终对这座岛感到焦虑，晚上坚持回到救生艇上睡觉。

Pi最后决定睡到岛上，为了防止理查德·帕克在夜间的袭击，Pi给自己在树上搭了一个窝。这天结束时，Pi惊讶地发现岛上所有的沼狸都在树上过夜，白天又回到地上。直到Pi在森林深处摘到一枚果子，他才知道这是为什么。

Pi发现果子外面包裹着许多树叶，他把树叶一层一层剥开，果核是一颗人类的牙齿。他一共摘到了三十二颗果子，剥开之后，凑成了一副完整的人类的牙齿。

这是一座食肉的岛，树上是相对安全的。Pi不愿意在这海岛上孤独终老，于是带着理查德·帕克离开了。

Pi 最终被海浪带到了墨西哥的沙滩上。轮船公司的人找到 Pi，向他询问海难的具体情况，Pi 向他们讲了理查德·帕克的故事。

但调查人员根本不相信这个充满奇幻色彩的故事，也不相信就在他们附近的丛林里有一只孟加拉虎。

于是Pi向他们讲述了另一个没有理查德·帕克的故事：船沉了，Pi 挣扎着朝救生艇游去，已经在救生艇上的法国厨师扔给了他一个救生圈；台湾水手在跳到救生艇上的时候摔断了腿，Pi 的母亲抓着一些香蕉游到了救生艇上。

救生艇上的斑马摔断了一条腿，台湾水手也摔断了一条腿；大猩猩坐在一堆香蕉上漂到救生艇旁，Pi 的母亲拿着香蕉游到救生艇旁；Pi 遇到的那个与他一样落难的人带着法国口音，而和 Pi 一起逃到救生艇上的厨师也是个法国人；那个人向 Pi 承认他杀过人，两个，一男一女，而鬣狗咬死了斑马和猩猩。最终理查德·帕克咬死了鬣狗，也吃掉了那个人。

所有的细节在结局时都吻合，所有的伏笔也都得到了印证。

最后，Pi 问调查员：既然你们无法证实哪一个故事是真的，哪一个故事不是真的，那么你们更喜欢哪个故事？两位调查员一致认为，有动物的故事更好。Pi 说："谢谢。和上帝的意见一致。"

Step 7

理查德·帕克从它还是一只幼崽时就被人捉住并驯化，理查德·帕克这个名字来自抓到它的猎手。猎手理查德抓住小老虎时它在喝水，因此给它起名“口渴”。

但是在它到动物园的时候，文件上写着老虎的名字叫理查德·帕克，而猎手叫“口渴”，这个名字就这么沿用了下来。

老虎和人名字的互换从某种程度上意味着身份的互换，老虎具有了人性，而人具有了兽性。而在历史上，理查德·帕克这个名字来源于一场真实的海难。

1884 年的一次海难中，三名船员和一个叫理查德·帕克的十七岁男仆被困在大西洋上。在茫茫的海上漂流中，三名船员杀死了孤儿理查德·帕克，分食了他的肉，因此得以生还。

这场海难最终确立了一个普通法的先例——危急状态无法构成对谋杀指控的合理抗辩。这使我们相信，在任何时候，人的行为都会受到道德和良心的谴责。

我们已经分析过，老虎在正常情况下是被关在笼子里的，这隐喻在正常的社会环境之下，人心中恶的一面被约束了。在救生艇被冲到沙滩上之后，理查德·帕克走进了海边的树林，而没有跟随 Pi 回到人类社会，也没有向 Pi 告别，甚至连回头看一眼都没有，就这样消失了。

Pi回到了正常的、文明理性的社会，恶念被重新约束到了树林里。但理查德·帕克没有告别，这意味着在某个时刻，它可能会重临人的心中。

Pi所希望的与理查德·帕克的告别也是对这段不堪回首的生活经历的好好梳理与反思，让它有一个恰当的结束，这时他才能够真正地放下那段过去。

但Pi还是感激理查德·帕克，他感激自己生命的本能，让自己存活了下来，不管以什么样的代价。而Pi的海上漂流之中，上帝常常是“不在场”的。他无数次向上帝祷告，但都没有奇迹出现，奇迹只在他的行动中出现。这是最容易质疑信仰，也最容易质疑自己的时候。

Pi就像是倒退回了茹毛饮血的时代，在刚开始的时候甚至连理性的双眼都被遮蔽，完完全全靠着本能生存。Pi在大海上航行的过程，也是对人性、对自我探索的过程。

一开始他甚至连杀鱼都要为自己找借口，说是理查德·帕克杀的，而随着他与理查德·帕克的相处渐趋“和谐”，也就是与自己的和解，Pi承认，自己杀了厨师，甚至吃了他。

在犹太教的神话中，上帝“回归”的启示是通过一道闪电来体现的。而在Pi的漂流中，一个暴风雨的晚上，一道闪电落在救生艇旁，Pi觉得自己几乎要被击中。在这之后，Pi驯服了理查德·帕克。

人们如此深刻地知道人性中隐含的兽性，因而如此迫切地需要爱与信仰来驯服心中的野兽。

Pi在海上的航行也像是人类的生存现状，在“此岸”世界里，人们不得不面对自己和他人人性中的阴暗面，但同时又不得不选择相信人性中光明的一面，以此作为人的存在的证明。

而救生艇航行的方向恰是朝着宗教所指向的“彼岸”，朝着完全消灭阴暗面的神性的世界。但小船的航向谁也无法真正掌握，只能被海浪带着前行。

这本小说是泛指，讲的是在理解和诠释我们自己的生活的过程中，我们所能做出的选择。在实际生活中，每一个人所能做出的选择都是有限的，就像 Pi 的处境，生存的方式无法选择，只能选择如何与自己相处。

“信仰并不能减轻痛苦，但能赋予痛苦一个更伟大的意义”，让人不断去体验生活。如果我们在人生中体验的每一次转变都让我们在生活中走得更远，那么，我们就真正地体验到了生活想让我们体验的东西。

只有体验到当前，你才会真正了解到自己的生活状态，你需要什么，你热爱什么，你想要舍弃什么。

Chapter 9

丛林之书·全人类的心灵乌托邦

『通过一个男孩在丛林中的冒险，展现人类原始的善良和勇敢。』

《丛林之书》不仅博得无数青少年的喜爱，同时也使成年读者得到了无穷的乐趣，把他们带回了童年时代金色的美妙幻想世界。正像马克·吐温说的那样：“我了解吉卜林的书……它们对于我从来不会变得苍白，它们保持着缤纷的色彩，它们永远是新鲜的。”

Step 1

你有多久，不曾到大自然中去呼喊、奔跑了？

原野、海洋、森林、星河，这些词语对每个人都有莫大的吸引力，仿佛印刻在生命基因里的记忆，在琐碎的生活中闪着莹莹的光。身不能至，心向往之。阅读《丛林之书》，我们也能在丛林中历险，感受自然之神奇。

《丛林之书》的作者约瑟夫·鲁德亚德·吉卜林，是英国小说家、诗人。

他在1907年凭借《基姆》斩获诺贝尔文学奖时年仅四十二岁，是英国第一位获此殊荣的作家，也是至今为止最年轻的诺奖得主。

瑞典文学院形容他："这位世界名作家的作品以观察入微、想象独特、气概雄浑、叙述卓越见长。"

吉卜林出生于印度孟买，他生命中的前六年，就在这块神秘奇异与肮脏落后互相纠缠的土地上度过。成年后，他多次表达对印度的热爱，将其称为自己的"家"，甚至说："给我生命的前六年童年时光，别的都可以拿走。"

像所有生活在印度的英国家庭一样，这里的生活环境与文化背景，不能让人满意，到了该上学的年龄，吉卜林的父母把吉卜林和妹妹送去英国的寄养家庭。万花筒般的印度生活就此画上句点，噩梦一样的寄养生活开始了。

寄养家庭里的霍洛威夫人是一位宗教狂热者，对待离开父母的两个幼小孩子，不仅没有给予温暖，反而残忍地虐待，将惩罚当作乐趣。

对吉卜林来说，那个寄养家庭无异于“绝望之屋”，充斥着暴力、咒骂，自己只能小心翼翼，如履薄冰。他渴望识字、读书，对他而言，每一本书都是一座避难所，庇护着一颗颗纯真的心灵，不被世俗伤害。

五年的牢笼生活，在吉卜林心中烙刻了无法磨灭的伤痕。当母亲回到英国时，吉卜林的双眼近乎失明，神经极度衰弱，就连母亲弯腰的亲吻，他都以为是惩罚，本能地抬起胳膊……

十二岁时，吉卜林进入了英国联合服务学院。毕业后，他选择离开英国，回到了魂牵梦萦的印度，并执笔创作。最初，他担任报纸记者、助理编辑，文章、诗歌陪伴着他的生命，出版诗集，发表第一部短篇小说，笔耕不辍，步履也不曾停歇。

他的足迹踏遍了印度的各个角落，壮丽的自然风光，奇异的风土人情，以及了解那些居住在印度的英国人，他们的生活。如此，度过他人生中最饱满的七年。他的思想与文字，在这七年的光阴中逐渐成熟，就像一棵果树，在漫长的时光里悄然生长，酝酿着令人欣喜的果实。

到 1889 年，二十多岁的吉卜林已经小有名气，引起印度文坛的关注了，而他以印度为故事背景，创作了一系列短篇小说，作品中的浪漫主义色彩和异域风情吸引了无数英国读者。

吉卜林很快就成了“文坛新秀”。这是吉卜林用勤奋换来的荣誉，高度近视，究竟要用大的热情、多坚定的内心，才能保持几乎每天一篇短篇的频率呢？

读到这里，我不禁想起吉卜林的那句话：“谁要能长久守候，最终必有回报。”

每一份荣誉的背后，离不开的是忘我的投入，以及不断的积累。是苦难和时光，让生命的果实更加甜美。

此后的辉煌岁月里，吉卜林从未停止对文字和远方的求索。他到南非、美国等地游历，写下了许多有影响力的作品。其中，以印度为背景，讲述士兵基姆寻找“箭河”的长篇小说《基姆》，获得了诺贝尔文学奖，他被称为“帝国诗人”。

复旦大学张新颖教授翻译《丛林之书》这本书之后，曾写过他领奖时的故事：当时，一身黑西装，打着白领带，留着小胡子，戴着眼镜的吉卜林来到颁奖典礼时，让瑞典人有些失望。

因为吉卜林描绘的丛林世界深入人心，人们默认作家吉卜林也该是身材魁梧，手上抓着蛇的大汉！他笔下的黑豹巴赫拉、棕熊巴洛应同他前来——就像《丛林之书》里所描绘的那样。

而在读者心中，吉卜林就是“狼孩”莫格里。这也显示了他的作品深入人心，丰富的想象，如一幕幕电影，留存在读者的脑海中。

1936 年，七十一岁的吉卜林因脑出血在伦敦逝世，一颗闪耀文坛的星星陨落了，但他留下的经典作品，依然是无数人心中的光。

Step 2

故事发生在西奥尼山。一个山洞里，温暖的夜晚，狼爸爸、狼妈妈和四只小狼崽幸福地生活在一起。

狼爸爸正要外出狩猎，专捡残羹剩饭的豺狼前来讨食，并带来一个消息：老虎谢尔可汗来到了这片丛林。此刻，它低吼着，想要捕杀露宿的伐木工和吉卜赛人。

但巨大的咆哮声后紧跟的却是嚎叫——它失手了。它不仅没有猎捕到人，反而把脚烧伤了，仓皇而逃。

谢尔可汗离开后，敏锐的狼妈妈听到了窸窸窣窣的响声，狼爸爸一跃而起，却被眼前的景象惊住了：一个刚会走路的人类小孩，他赤裸着身子，如此柔嫩、可爱、天真，望着狼爸爸的脸绽出笑容，丝毫不害怕、恐惧。

人类和野兽虽不同类，却有相似之处。成为父亲，让再凶猛的森林野兽也有了一颗柔软的心。

狼爸爸小心谨慎地将他叼起来，放进窝里。为了靠近温暖的狼皮，小孩挤进了狼幼崽中间。他看起来是那么弱小，安安静静地躺着，就像小青蛙一样。就这样，人类崽有了名字和外号："小青蛙"莫格里。

依照惯例，满月的狼群大会上，每一户狼家庭都要带着自己的孩子参加，让同伴们认可并熟悉幼崽们，避免被误杀。

此刻的大会上备受争议的正是莫格里，一个人类崽能否被狼群“收养”，生活在丛林？

丛林法则规定，如果对幼崽被接受的权利有争议，那么除了父母之外，至少要有两个成员为他说话。会场上静悄悄的，没有一匹狼说话。

而一边，谢尔可汗不断地煽风点火，叫嚣着人类崽是它的猎物，狼群要人类干什么？

在寂静中，狼妈妈做好了准备，它决定保护自己的幼崽，哪怕这将成为此生最后的搏斗。

最后，凭借着黑豹巴赫拉用猎物的交换和棕熊巴洛所说的好话，莫格里加入了狼群。首领阿克拉领导着狼群，接受了人类幼崽，相信他长大后可以成为帮手。

这是他人生中关乎生死的一道坎，他有惊无险地度过了。

但前方还有无数的坎，等着他翻越。

作为“团宠”，莫格里在丛林里度过了十余年“快乐”的岁月：

巴赫拉教他爬树，起先他像树懒一样紧抱着树不放，后来就能在树枝间跳来荡去了。

棕熊巴洛传授他丛林法则、水中法则，教他爬到树上吃蜂蜜。作为人类崽，莫格里要学的东西太多了，每天都要到巴洛面前背诵一天的功课：从分辨树枝的好坏，到与野蜂、蝙蝠、水蛇的对话方式……

莫格里是幸运的，流落到丛林时，遇到了保护他、视如己出的狼爸狼妈，慈母一般宠他的黑豹，严父一样教他学习的巴洛。

巴洛说的没错，在这个充满竞争的世界里，只有不断提升自己的能力，才能更好地抵抗风险。

人生里所有轻松和安逸的背后，都是枯燥的、无数次的练习。没有人是天生的幸运者，能永远获得上天的垂怜。想要在残酷的丛林里活下去，莫格里需要学会更多，更多……

有一回猴群在他午睡时，将他掳走带到了“冷窟”里，企图逼迫他交出人类的技能，来提升族群的地位。

莫格里便用鸢的语言，向在天空中滑翔的老鹰兰恩求救，让它记下自己移动的踪迹，传递给巴洛。

冷窟，曾经是一位国王在小山上建造的城堡，而今，宫殿破败不堪，只剩下聒噪的猴群吵吵嚷嚷、打架斗殴。

紧急组成的营救小分队全速前进，抵达战斗地点。巴赫拉冲上斜坡，直面猴群，被猴子推进蛇洞的莫格里，则运用知识，与眼镜蛇交流、获取信息，认真听外面的动静并给予助攻。

巴洛在城墙上与巴赫拉并肩作战，卡阿直直地奔过来，急切地猎杀，它撞击城墙，将牢笼里的莫格里救了出来。猴群溃散，四下奔逃，大声哭嚎尖叫着，跑到地势更高的地方去……

棕熊和黑豹再次拥有人类崽了，莫格里也忏悔了自己的行为。只是依据丛林法则，“悔恨绝不能延缓惩罚”，所以莫格里还是接受了巴赫拉“爱抚式的拍打”，而后跳上它的脊背一起回家，莫格里在黑豹的背上睡着了。

丛林法则的好处，就是一次惩罚把所有的账结清，不会留下没完没了的后账。

Step 3

丛林的危险，不仅体现在狩猎、死亡，还有干旱等恶劣气候的威胁。想要让丛林恒久地存在，就需要法则的制约与庇护。

干旱过去，雨季来临。一年又一年，时光如水，轻盈地流逝着。生命也像林中的朝霞、落叶一般，在不知不觉中萌发，或衰老，或消散。

莫格里越长越大，狼群首领阿克拉也越来越老，在残酷的丛林里，虚弱使它失去尊重。年轻的狼开始不愿意服从它，转而跟在谢尔可汗身后捡食残皮碎肉，甚至摸黑掳走村民的孩子。

这些改变，让丛林居民感到不安。它们让莫格里提防谢尔可汗。

“你最终还是要回到人类中间去的。”为了生存，巴赫拉让莫格里去人类居住地取来“红花”——也就是火，这是谢尔可汗最害怕的东西。

这一天，莫格里也被叫到会议岩，又一场与他有关的争端发生了。谢尔可汗要求狼群交出莫格里，它认为这个人类在十余年前就是自己的猎物。阿克拉虽然虚弱，仍然抬起头来保护着莫格里。

莫格里长大了，他不再是当年那个柔弱的、任凭宰割的人类崽了，时光与丛林赋予了他一颗勇敢的心。他知道，除了战斗，别无办法。他把带回来的火盆往地上一扔，几块红炭点燃了干苔藓，火，熊熊燃起……面对跳跃的火焰，会场上的狼都惊恐地往后退。

最后，老虎再次负伤，狼群也跟着它匆忙逃走。但莫格里并非胜利者，他知道自己也只能离开丛林，离开狼妈妈等亲人。

破晓时分，莫格里离开狼穴，独自下山，来到人类的村庄。村民们惊讶于他的出现，围着他指指点点，曾经被老虎叼走孩子的女人梅苏阿觉得，莫格里很像自己的儿子。

梅苏阿是一个善良的女人，她用牛奶和面包喂饱了“狼孩”的肚子。莫格里不能理解人类的语言，但巴洛的教导还在耳畔回响：学习是贯穿一生、不能停止的功课。他下定决心要学会人类的语言。

这天狼兄弟灰前来告知丛林里最新的状况：谢尔可汗被火伤得很厉害，跑到很远的地方去了，但它发誓要把莫格里的骨头埋在河边。

灰兄弟担心莫格里会忘记狼群。但莫格里表示，自己是一匹狼，会永远爱着狼家庭。只是他也无法忘怀自己是被逐出狼群的。

灰兄弟说了一句颇有哲理的话：“你也会被逐出另一族群的。”而后它表示自己下次来访时，会在竹林里等着莫格里。

很快，三个月的时间过去了。莫格里忙着学习人类的行为方式、生活习惯。穿衣服、使用金钱、学习犁田，他不理解这些事的意义，只觉得恼火。

他不会玩游戏，不懂放风筝，被村里的孩童取笑。好在丛林法则仍约束着他，让他克制脾气，才没有伤害惹他生气的毛孩子。

他完全不懂种姓制度划分的等级，与任何一个人平等相处，帮助低等级种姓的陶工揪出泥潭里的驴，码好陶罐，为此还与祭司顶嘴，他只是单纯地觉得：人与人之间都是平等的，像山间的清风、天空的星子、茂盛的植物，哪有什么高低贵贱之分呢？

一个成长于大自然的人，不曾被人类社会种种歧视与偏见所影响，或许看起来格格不入，但内心的纯粹与干净，使他成为一个真正的、站立着的人。

村子里的人只能安排他去放牛。他回想着往昔在丛林里度过的时光，也等待着谢尔可汗的归来。

终于有一天，在作为信号地点的地方，灰兄弟告诉他：谢尔可汗已经悄悄地回到了这片丛林并决定今晚进行猎杀。

莫格里问了一个生死攸关的问题：谢尔可汗今天是否吃过东西?

得知这头无法进食的老虎在拂晓时吃了猎物，也喝了水，莫格里放心了。一个计划很快在他的脑中形成。

智慧，是一个人身上最坚实的铠甲。

在灰兄弟和阿克拉的帮助下，莫格里将牛群分成了两部分，母牛和小牛围在一起，公牛和水牛是一群，并且把它们赶到沟壑边，他计划将它们赶下沟壑，借助牛群的力量，在公牛群和母牛群之间杀死谢尔可汗。

谢尔可汗吃饱喝足后的状态，并不利于打斗，也无法攀上沟壑的边缘。哪怕是为了复仇，它也不愿意克制自己。

做好了一切准备，莫格里朝沟壑高声叫喊，意图引出谢尔可汗。

一头刚吃饱喝足、睡意蒙眬的老虎出现了……

Step 4

一切准备就绪，莫格里充当“诱饵”，大声叫喊，吵醒了吃饱喝足后正在睡觉的谢尔可汗。

这头庞然大物出现的那一刻，莫格里马上下令，让前来帮助的灰兄弟和阿拉克把沟壑两头的牛群，统统赶下去。

阿克拉和灰全力发出狩猎的呐喊。刹那间，黑色的牛角，泛着白沫的牛口鼻，圆瞪的牛眼，一起构成一股巨大的急流，沿着沟壑席卷而下……

沟壑里的谢尔可汗还没有清醒过来，就被沉重的牛蹄和牛的身躯踩踏着。它也想着突围，但清晨毫不克制吃下的一肚子水和食物，让身体变得沉重，动作笨拙，根本无力逃出。

死亡来得如此之快，谁也想不到在丛林里横行的恶霸，如今已成为一摊肉泥。但我们都知道，杀死它的并不是莫格里，而是它自己的松懈。

莫格里花了一个多小时，剥下老虎的皮。人与虎之间的战争、恩怨至此烟消云散。

猎人布尔迪奥听到水牛受惊逃窜的事情后，赶过来要惩罚莫格里，却发现他杀死了一头老虎。虎皮能换来一百卢比，恶念在猎人心中升起，他想要强占虎皮便回村庄里去污蔑莫格里是与恶魔合作的怪物。

村民们聚集在村口，咒骂莫格里是“巫师”“丛林恶魔”，让他马上离开这里，他们甚至朝手无寸铁的莫格里开枪……只有梅苏阿迎面跑来，表示相信他，也感谢他杀死了老虎，为自己的儿子报仇。

人性的善与恶在这一刻展现得淋漓尽致，而这样的画面千百年来，无数次在人类的社会里轮番上演。莫格里曾因为是一个人，被驱赶出丛林；这一次，因为自己像一匹狼，再一次被驱逐。

他内心某块地方崩塌了，转身和孤狼一同离开了。但他内心仍然留存对人类的悲悯、关爱，叮嘱着狼兄弟，不要伤害村民，因为梅苏阿待他很仁慈。

莫格里对人类和狼群的驱逐耿耿于怀，打算脱离狼群，独自在丛林里狩猎。但和他一起长大的四匹狼兄弟决心和莫格里一起。于是，从那天起，一个人类、四匹狼一起狩猎的画面，在丛林里无数次上演。

莫格里喜欢丛林里野性、自在的生活。可是，村子里的人们显然不想就这样放过他。他们带着枪、点起火，跟着莫格里的足迹，来了。

猎人在丛林里遇上了一群烧炭夫，他们坐下来抽烟、聊天。烧炭夫们告诉猎人：村民们想要杀死莫格里，烧死梅苏阿夫妇，这样就可以名正言顺地瓜分他们的土地和水牛。为了避免出岔子，村民们会谎称他们是被蛇咬死的。烧炭夫们想去观看火刑，于是猎人决定先陪他们回村。

莫格里不允许梅苏阿被伤害，他让狼兄弟们发出嚎叫，牵绊猎人的步伐，自己则快速地赶回村子，脑海里只有一个坚定的信念：

一定要把梅苏阿和丈夫从陷阱里救出来，而后，找村子算总账。

熟知村民们的习惯，莫格里挑准时机，跳进窗户，把惊恐、痛苦交加的梅苏阿救了出来。狼妈妈也跟来了，她仔细地端详那个帮助了自己孩子的女人，感叹道：“你小时候吃的是我的奶，但巴赫拉说的是实话：人终归要回到人身边去的。”

莫格里的狼妈妈深爱着自己的人类崽，丛林岁月里，它用自己的乳汁喂养他，没有血缘关系，跨越了种族，都不影响它的母爱。

巴赫拉劝慰他：“我们都希望你回来，就像从前一样。我们忘掉人群吧！”

莫格里却不愿就此罢手。因为，他在捆绑梅苏阿的皮带上，看到、嗅到了血——这是他第一次见到人类的血。

梅苏阿对他很好，他对梅苏阿的爱之彻底，正如对其余人的恨之彻底。他找来大象哈提，想要借助大象的力量，让丛林吞噬整个村子。

莫格里想要赶走人们，让丛林吞噬村庄；村民们负隅顽抗，不舍得离开此地，“丛林之子”与村民们的角力，最后谁能获胜呢？

Step 5

丛林与村庄的斗争持续着。

当人们靠存储的谷种过活时，野象哈提就用尖锐的象牙戳破粮仓；当人们去丛林捡拾坚果时，野兽灼灼的目光紧随其后，在周围不断晃悠着；当人们待在村子里时，食草野物就更加大胆，在河畔草场上蹦跳、欢叫……

在这样的情形下，村民们别无选择，只能离开了。第一场暴雨袭来的时候，村民们一边在泥泞中跋涉，一边不时回头告别家园。

一个月后，新的野草覆盖了这片土地，雨季结束时，这里已然成为丛林的一部分，在大风中呼啸。

在长久的陪伴中，莫格里和岩蟒卡阿成了好朋友。这一天，莫格里前来祝贺卡阿第两百次蜕皮。

卡阿蜷起身子变成一张“扶手椅”，让莫格里舒服地坐在里面；黄昏时他们会进行摔跤比赛，这是他们的游戏；他们在深水潭游泳，躺在水面看月亮……

经过几次斗争，再加上每天在丛林里奔跑，莫格里强壮得用双手就能杀死老虎。丰富的语言知识，尊重各种族的礼貌，以及智慧，使他赢得了丛林主人的地位。他轻易就能获得丛林里的一切信息。

这一天，卡阿说了自己的见闻。一条白色眼镜蛇曾告诉他，有一件东西，仅仅为了看一眼它，人们会舍命相搏。

在好奇心的驱使下，莫格里和卡阿再一次来到冷窟，进入一个地穴。

莫格里看到了那些无法估量价值的宝藏，遍地金币、昂贵的珠宝钻石，是几个世纪的战争、掠夺、贸易、税收所积累的财富中，精挑细选而来。

其间有一件真正令人着迷的东西：一支一米长的驱象刺棒，昂贵的绿松石、黄金、翡翠、红宝石构成了它。

莫格里带走了驱象刺棒，却忘记了白眼镜蛇的叮嘱：这支驱象刺棒代表着死亡。

回丛林后，驱象刺棒不见了。莫格里和巴赫拉跟随脚印，去寻找丢失的象牙刺棒。足迹显示，有一个大脚的人追赶着小脚的人。

沿着足迹，他们找到了第一具尸体，而后是第二具。尸体围着火堆，旁边就是那件宝物。他们去捞水里的月亮，没想到自己却被水给淹死了。

莫格里把它带回地下宝库。人类想要的东西他并不觊觎，而他对人类虽然没有爱意，却也不希望他们一而再再而三地死去。

村庄被吞噬之后，莫格里度过了一生中最愉快的日子。

没有老虎的威胁，不再有人类的算计，丛林是他的朋友。他游荡着，听故事，数云霞，观落日，远离喧嚣和纷争。

他和丛林里任何一只动物、一棵植物无异，是大自然的一部分。

只是岁月让人成熟，也必然也会带走些什么。新的生命萌发，旧的生命势必会消散，这是自然界亘古不变的定律，是超越人类意志的宇宙法则。

有时候，新事物、新事件、新的变化与挑战是突然到来的。生活在充满竞争的丛林里，只有保持清醒，做好随时应战的准备，才能理智地面对突如其来的危机。

这一天，莫格里听到了久违的、豺狗的嗥叫。他深吸一口气，跑到会议岩，那里已经聚集了许多狼，一头血肉模糊的外来狼的到来，让气氛更加凝重。

独行的外来狼说，德干高原的红豺，一群嗜血成性的野狗，从南方向北方迁徙，一路猎杀劫掠到了这里，它想加入狼群，与红豺战斗，为家人报仇。

狼群很清楚，敌我双方实力悬殊：狼群不足四十匹，能参与战斗的少之又少。但狼群依然决定迎战。

阿克拉让莫格里离开这里，到北方去避一避，但莫格里不愿意离开，他要与狼群同生共死。

丛林里的同伴不断地提醒他："你是人，别忘了当初是谁把你赶出去的，让狼群自己面对。"

但莫格里很坚定："我是一个人。但是今夜，我是一匹狼。""我说出口的是诺言。树木知道，河流知道。在野狗过去之前，我绝不会收回自己的诺言。"

莫格里这个曾经的莽撞小伙子，如今已经长大成真正的男子汉了。真正成熟的人，有责任、有担当，更有自己想要守护和捍卫的事物，哪怕只是一个信念、一句诺言，永远不会临阵逃脱。

Step 6

卡阿带着莫格里往河流上游而去。河道夹在峡谷的中间，越收越窄，两侧是狰狞嶙峋的怪石，让见多识广的莫格里也感到恐惧。

卡阿让莫格里留意岩石上的“小不点居民”。那是在丛林萌生之初，就一直占据于此忙忙碌碌、脾气暴躁的印度野蜂。

无论多么庞大的生物，只要闯入这片属于野蜂的领域，惹怒了它们，都只能留下自己的骨架。莫格里胆怯了，他想趁野蜂们还在睡觉，赶紧离开这片“死亡之地”。

但卡阿说拂晓之前它们是不会醒的，并希望莫格里引诱野狗前来，并从岩石边跳下，用水保护自己，从而借助野蜂的力量消灭大半敌军。

好一招“借蜂杀狗”之计！很聪明，也很冒险，但心中有寄托，莫格里并不畏惧，他马上做准备。

卡阿让狼群守在浅滩，迎接那些没有被野蜂处死的野狗。莫格里则小心地到岩石上观察，记住裂口和孔洞的位置，避免掉进去，还试着往河里跳了几次。

面对很有可能到来的死亡，他毫不畏惧：“我死的时候，就是唱死亡之歌的时候！”

每个人都会死去，但不是每个人都真正活过，问题在于怎么死去和为什么而死。

莫格里用刀划破手指，鲜血滴落，用来诱敌。而后，找了一棵树，爬上去等候敌军。正午将至，野狗跟着血的气息来了。一整群野狗，尾巴低垂，肩膀厚实，嘴唇血红。

莫格里像猿猴一样攀在树上，用尖锐的语言嘲讽野狗，揭短、鄙视的语言，让野狗从沉默变得咆哮，继而狂吠，最后失去理智。

黄昏要来了，那是最佳的时机：野蜂结束一天的劳动，正是易怒的时候，野狗则疲惫万分，丧失打斗的最好状态。

莫格里凭听觉保持与野狗之间的距离，一边踢掉提前放好的石头，激起一群群野蜂。他给自己留了一些力气冲刺。

于是，当野狗头领向他扑去时，莫格里用尽最后的力气奋力一跳——他顺利沉入水底，也没有被野蜂蜇到，这是野蒜的气味起到了作用。等待已久的卡阿在水中扶着他，以免他被河水卷走。

无数的野狗也坠下来，却被野蜂团团围住，落在水面时，已经成为尸体。

岩石上、沟壑里的野狗也被野蜂攻击着。野狗明白了这是陷阱，就转弯从陡峭河岸处纵身跳下，却被怒吼的河水裹挟着卷到下游去了。河滩上的狼群等候已久，持久战开始了。此时，野狗与狼仍是二对一，情况不乐观。

但狼群为了领地、为了族群的生存而战，它们不怕死亡，老弱病残，悉数出动。河岸上，扭动的、紧绷着的、分散的、聚拢的，都是野狗与狼纠缠的身影。到处是呻吟声、撕咬声。

野狗溃散，狼群乘胜追击，捍卫了自己的领地，没有让任何一只野狗逃脱。

大战野狗、阿克拉死去的第二年，莫格里快十七岁了。丛林赋予他超越年龄的体格，居民们敬畏他的智力，也害怕他的力气。

季节轮回，新的一年要来了。

往年，这是让莫格里高兴的季节。可这一年，莫格里总觉得不开心。一种纯粹的、不快乐的感觉，就像水淹没物体一样，淹没他。他甚至以为自己就要死了。

莫格里很久没有关注过人类了，他想看看人群是否有了变化，好奇心驱使他走到灯光小屋的附近，三四条狗狂吠，让他想起被人类驱赶时，砸到嘴巴里的那块石头。

这时，门打开了，一位头发灰白的老妇人向黑暗中窥望，安慰着哭泣的孩子。听到她的声音，莫格里忍不住用人类的语言呼唤：梅苏阿！

重逢是最美丽的。在温馨的氛围，热牛奶的抚慰下，莫格里蜷起身子，很快就进入了睡梦，不悦也消失了。

灰兄弟嗅着气息寻到了小屋，莫格里要和它一起回到丛林。他诉说着自己完成了春天的奔跑，却没有得到平静，他希望听听同伴们的看法。毫无例外，大家都支持莫格里返回人群，并且表示如果将来有需要，丛林随时听从召唤，它们的爪子、牙齿、眼睛，随时准备帮助。

莫格里再一次落泪，但这一次，他带着丛林的祝福离开："树木和水，风和树，智慧、力量和殷勤关爱，丛林的庇佑与你同在！"

莫格里回到人类中去了，这一次，他会感到孤独吗？

不，一定不会。

他有丛林里的庇护，梅苏阿的亲情。还有，在返回会议岩的那一天——他在村边的一条小路上，遇到了一个穿白衣的姑娘……

Step 7

我们通过六个词语，一同探究《丛林之书》故事背后的思想。

1. 爱与信任

到处可见的爱，是这本书带给我们的一大感受。什么是爱？爱是互相连接又彼此独立，是牵绊，更是赋予信心的源泉。

狼爸狼妈对他视如己出，四匹小狼是他的兄弟，狼群首领阿克拉保护他，棕熊巴洛与黑豹巴赫拉教他丛林法则、生存技能，岩蟒卡阿与他做伴……

母爱，也时刻围绕莫着格里。虽然他从小就流落山林，但狼妈妈爱他。为了这个人类崽，狼妈妈甘愿与老虎谢尔可汗为敌，甚至愿意付出自己的生命去战斗。返回丛林时，大家都在关注他打败老虎的过程，只有狼妈妈心疼自己视若珍宝的孩子，被人们用石头砸……这就是母亲的爱。当大部分人都在关注你飞得高不高时，只有她关心你飞得累不累。

梅苏阿的爱与温暖，也是莫格里人生中重要的一部分。离开的夜晚，莫格里让狼群护卫梅苏阿，对人类来说，这是很恐惧的一件事。但她选择信任："我当然相信，我的儿子。无论伙伴是人，是鬼，还是丛林的狼，我都信。"

因为爱他，因为信任他，她也信任他的伙伴。人类身上最善的品质，最美的情感，在那一刻显得格外动人。所以，虽然莫格里人生坎坷，经历了驱逐、背叛、中伤，但爱始终包围着他，陪伴他成长，给予他勇气，他依然善良。

2. 勇气与智慧

一颗勇敢的心，善于思考的脑子，是莫格里行走丛林的装备。

丛林里，生机与危险并存。莫格里与老虎谢尔可汗之间的战争，持续了十余年。论体格和力气，莫格里并不突出，但他拥有智慧，甚至可以说，他的每一次战斗，都是以智取胜。

第一次战斗，他凭借同伴的帮助和谢尔可汗最害怕的火，获得了胜利；第二次对战，他熟知丛林里的知识，知道敌我双方的优劣之处，便占据有利地形，与狼兄弟、阿克拉合作，借助牛群的力量，碾压谢尔可汗，除去了心头大患；和人类的斗争，他充分利用野象的力量，和传说的威力，制造恐惧，赶走人们；与红豺的决战，莫格里既有勇气让自己成为诱饵，又运用知识与智慧，做好准备保护自己，把勇气与智慧结合到极致。

勇气，让人敢于迈出第一步，但真正让人能走得更远的，是智慧。

3. 规则

丛林法则贯穿了全书，作者借助巴洛、巴赫拉等角色之口，将丛林里的规矩一一道出。

比如，丛林法则规定，新成员至少需要有两名担保者为他说话，才能进入狼群；狼群首领捕猎失手的那一天，就要让出首领的位置；当旱灾发生，河流中的和平岩裸露时，丛林就进入停战时期，不允许捕猎，因为此刻，水源比猎物更加重要……

这些生存法则，正如人类社会中所信奉的“无规矩不成方圆”，是为了保护弱者，继而让族群能持续存在，让丛林更长久地繁荣。

只有遵守法则，才能更好地生存，并得到尊重。这就是丛林法则，野性、生猛，是最原始的正义。

读到这里，作为人类的我们也会有所反思，登上食物链的最顶端，我们就成功了吗？贪婪、狡猾、愚昧、等级，这些枷锁束缚着人类，让人们忘记了，人与动物本就源自同一血脉，都是自然这个大丛林中的一部分，而非主宰者。

有时候，法则看似是束缚，但如果没有约束，一切都随心所欲，又怎么会有自由呢？

4. 守护

活在人世间，每个人都会有自己想要守护的人或事物。也正是我们想守护的东西，让我们更加强大。

对莫格里来说，他的归属就是丛林。因此，当红豺威胁到丛林安危时，他不当逃兵，选择了与狼群一起守护家园。

在卡阿的帮助下，他制订了的周密计划，借野蜂群的力量与狼群背水一战的团结，最终赶走了入侵者。他有了更多想守护的东西，因此也有了源源不断的勇气。

怀抱一颗赤子之心，莫格里坦率而纯粹，他所做的一切，都是为了保护自己心中重要的东西，而不是获得利益。

《丛林之书》既写给儿童，也是写给成人的童话。不同国度、不同肤色、不同语言、不同年龄的读者，都会在这些故事里有着自己独到的、合理的理解。

Chapter 10

苏菲的世界 · 哲学入门之书

『走入哲学的世界，加深对生命的好奇和热爱。』

《苏菲的世界》不仅能唤醒人们内心深处对生命的敬仰、对人生意义的好奇，而且也为每一个人的成长——为生命由混沌走向智慧、由困惑而进入开悟之境，挂起一盏明亮的灯……

Step 1

苏菲的家在郊区，园子周围没有其他住家，因此看起来他们一家仿佛住在世界尽头似的。再过去，就是森林了。通常苏菲放学到家的时候妈妈还没下班，她会先去信箱里拿信，许多垃圾邮件和一些写给她妈妈的大信封，偶尔会有银行寄给爸爸的信。

不过今天，信箱里却只有一封信，而且是写给苏菲的。苏菲好奇地拆开信封，里面只有一张跟信封差不多大小的纸，上面写着：你是谁？

苏菲走进家里，想着这个问题："你是谁？"不用说，她的名字叫苏菲，但叫苏菲的那个人又是谁呢？她对着镜子，试图给自己取另外一个名字。

"我的名字叫莉莉。"她说。"你是谁？"镜中人当然也没有回答。苏菲用食指点着镜中的鼻子，说："你是我。"对方依旧没有反应。于是她将句子颠倒过来，说："我是你。"

她居然一下子不知道自己是谁，这不是太奇怪了吗？苏菲感到很困惑，她漫无目的地走到花园，她觉得自己好像一个在仙子的魔棒挥舞之下，突然被赋予了生命的玩具娃娃。

一种莫名的冲动让苏菲想再去检查一遍信箱。果然，她看到了第二封信，上面写着："世界从何而来？"这一天苏菲第三次检查信箱的时候，她在里面发现了一张明信片。明信片上贴着挪威的邮票，盖着联合国部队的邮戳，空白处写着“请苏菲转交席德”。这是一张生日贺卡，落款是“爱你的老爸”。苏菲发现这个名叫“席德”的女孩生日只比自己早了一个月，但苏菲根本不认识她。凭直觉，苏菲觉得这张明信片一定和前面那两封写着奇怪问题的信有关系。

苏菲在邮箱里发现了一个写着她名字的大信封。信封背面写着：哲学课程，请小心轻放。苏菲拆开信封，里面是三张打印好的讲义，讲义中写着：“在我们的生活中，除了衣食住行等基本需求，是否还有些东西是每一个人都需要的呢？哲学家认为，答案是肯定的。每个人都希望明白：我们是谁、为何会在这里。”

苏菲家花园的一角和森林之间有一道浓密的灌木丛，没有人在意它的存在。但苏菲知道灌木丛中有一个洞穴，这个洞穴就像只属于苏菲自己的一个小小的房子，没人知道这个秘密。苏菲就躲在这个树洞里看寄来的讲义。

这天晚上，苏菲问妈妈：“你不觉得这个世界的存在是很令人惊讶的事情吗？”妈妈吓了一跳：“你到底在说什么？”苏菲终于明白，哲学家说得没错，大人们总是将这个世界视为理所当然的存在。

在很多情况下，我们习惯了“我们活着”这件事。然而，如果不认为活着是多么奇妙而不可思议的事情，也就无法直面必须要死去的事实。因此大多数人总是要等到生病之后才了解，能够活着，健康地活着是何等的福气。

苏菲在发现邮箱里的第一封信之后，对着镜子问自己：“你是谁？”从某种程度上说，镜子中的形象就是我们自己在别人眼中的形象，但它未必就是我们在自己心中的形象。就像苏菲在照镜子时觉得对自己的头发不满意、但她也不得不接受这一头深色的直发一样，每个人也都必须接受镜子中的自己，并且认同那是自己的一部分。

哲学像是一面镜子，只不过在这面镜子上照出来的不是人的形象而是人的思维。人想要认识自身，也必须经过哲学性的思考，从抽离现实的、宏观的角度反观自身，从“另外一个自己”的角度观察自己的生活，从而知道原来自己过着这样的生活。

Step 2

放学后，苏菲迫不及待地回家，果然，信箱里又有了新的讲义：“在哲学开始之前，人们通过神话来解释‘世界和人从哪里来’‘自然为什么会有四季’‘各种生命为什么是我们现在看到的样子’等等问题。这就是原始的宗教，人们相信是他们所构想出来的那些神灵掌控着世间万物。”

“而到了早期希腊哲学家的时代，哲学的目标已经发展为‘为大自然的变化寻找自然的，而非超自然的’解释。他们从神话的思考模式发展到以经验和理性为基础的思考模式，这是人类认知世界的一大进步。”

正当苏菲在花园里思考着讲义上的哲学课程和席德有什么关系时，妈妈忽然喊她：“苏菲，你有一封信！”苏菲拆开来看，是一道思考题：万事万物是否由一种基本的物质组成？水能变成酒吗？泥土与水何以能制造出一只活生生的青蛙？

苏菲收到了新的讲义，接着苏菲又在信箱里发现了新的思考题。经过几天的发现，苏菲渐渐掌握了这些信件送来的规律：每天下午她会接到讲义，在她看讲义的时候，这位藏起来的哲学家又会送来思考题。苏菲可以从自己二楼的房间里看到信箱，于是她决定在周末秘密观察一下这个哲学家。

周五的时候，苏菲接到了关于德谟克利特的讲义：“德谟克利特相信，每一种事物都是由微小的积木所组成，而每一块积木都是永恒不变的，他把这些积木称为原子。它们形状不同，相互组合成各种不同的物体。他还认为，万事万物都遵从一种‘必然法则’，每一件事之所以发生都有一个自然的原因，这个原因就存在于事物的本身。”

苏菲在自己的房间里一边看讲义，一边留心观察信箱边的动静。

她并没有发现有谁来过，却还是在家门口的台阶上发现了装着思考题的小信封。信封里是三个问题：你相信命运吗？疾病是诸神对人类的惩罚吗？是什么力量影响历史的走向？

抑制不住自己的好奇心，苏菲决定写一封信给哲学家。她在晚上背着妈妈把信放进了信箱。苏菲能感觉到妈妈很担心她，自从上次她们谈过世界的存在之后，妈妈总觉得她有些不对劲，对她讲话的语气都不一样了。

不过苏菲决定，今晚必须观察信箱边的动静。后半夜的时候，苏菲看见一个影子从树林中闪了出来。能看出来那是一个男人，年纪比她大很多，他把一个大信封投进了信箱里，拿走了苏菲写的信。

苏菲蹑手蹑脚地下楼，把新的讲义拿回来，上面写着：“现在哲学家们不再用神话来解释大自然了。但是在疾病与健康、政治与伦理方面，希腊人依然相信‘宿命论’。宿命论的意思就是，相信所有发生的事都是命中注定的。我们可以发现这种思想遍布全世界，不仅古人这样想，现代人也一样。”

“最早的一批历史学家也开始为历史事件寻求合理的解释，

最著名的两位希腊历史学家，是希罗多德与修昔底德。希腊的医学也开始兴起，始祖是希波克拉底，他提倡健康的生活方式，现代经常谈到的医学伦理也是希波克拉底提出来的。”

周六一早，苏菲醒来的时候，在自己床下发现了一条陌生的红色丝巾。当她在丝巾的边缘看到用墨水写着的“席德”二字时，不禁目瞪口呆。

在这几天里，神秘的哲学家向苏菲讲述了从神话时代到前苏格拉底时代的哲学，苏菲由此知道了那个启蒙时代里对于世界、自然、历史、健康的哲学思维。由此，苏菲的哲学世界真正打开了，随着讲义内容的深入，她也越来越体会到哲学思辨的魅力。

Step 3

苏菲发现了席德的丝巾后，决定不向妈妈提及这件事。在妈妈出去买菜的时候，她将哲学家寄来的所有信件都拿到秘密树洞，而在树洞里，她又发现了新的思考题：是否有人天生就很害羞呢？最聪明的，是明白自己无知的人。真正的智慧来自内心。明辨是非者必能进退合宜。

在思考题的背面，她的哲学老师回复了上一封苏菲写给他的信，并说目前的讲义由一位小使者负责传递，但总有一天他们会见面的。落款是艾伯特。很快苏菲就见到了这位使者，是一条名叫汉密士的猎狗，它送来了新的讲义。

讲义上写着：“苏格拉底时代，雅典的主流学派是诡辩学派，也称智者学派。这个学派的学者以教授人们演说术为生。这些学者游历过许多地方，见过不同的政治制度，因此认为，世间没有绝对的是非标准。”

当苏菲跟妈妈谈起苏格拉底的时候，妈妈却觉得她新交了男朋友，并且这个男朋友脑筋有点儿问题。

这天晚上，苏菲又收到了一卷录像带，在录像带中，艾伯特带着镜头外的苏菲游历了雅典高城的遗迹，并留下了新的思考题：一个面包师傅如何能做出五十个一模一样的饼干？为何所有的马都一样？人的灵魂是否不朽？男人与女人是否一样具有理性？

周日一大早，汉密士把新的讲义送到树洞里。好奇心使苏菲在汉密士回去的路上跟在它后面，想知道艾伯特在哪里。但是她发现自己追不上汉密士，只好回到树洞，拆开讲义来看："苏格拉底死去的时候，柏拉图二十九岁。对他而言，苏格拉底之死证明了当时的现实社会与理想社会之间的冲突。柏拉图继承了苏格拉底的思想，认为世界上有永恒不变的真理，他把它称为'理型'。形象地说，世界上每一种具体存在的事物，比如人，每个人都不一样，就像面包师傅做出来的饼干，每块饼干都是不一样的。但是它们用的模子是一样的，因此我们可以知道这是同一种类的饼干，我们也可以知道这是人而不是其他东西。这个模子就是'理型'。"

看完讲义，越来越强的好奇心驱使着苏菲沿着汉密士离开的方向走进了树林。在树林里她发现了一座小木屋，屋里没有人，但生着柴火，还有洗到一半的碗，这一切都显示主人是在仓促之间离开的。

苏菲看到一面镜子，她对着镜子做鬼脸，却在某个瞬间突然发现镜子里的女孩在眨眼——我们不可能看到镜子中的自己眨眼的样子。苏菲吓了一跳！她听见远处传来狗吠，是哲学家回来了。

苏菲仓促离开时，瞥见屋里的桌子上有一个钱包和一张学生证，学生证上写着"席德"这个名字。她匆匆经过写字台旁边时，看到上面放了一个写有自己名字的信封，苏菲下意识地抓起信封逃走了。

打开来看，信封里是新的思考题：鸡与鸡的观念哪一个先有？人是否生来就有一些概念？植物、动物与人的差别在哪里？天为何会下雨？人需要什么才能过好的生活？

中午，汉密士送来了新的讲义：“柏拉图的‘理型’认为，观念先于存在，而亚里士多德则认为，柏拉图把顺序弄反了，应该是存在先于观念。”

晚上，妈妈问苏菲想如何庆祝十五岁生日，再过几个礼拜，苏菲的生日就到了。妈妈说，也许我们可以开个生日派对。

周一上学的路上，苏菲捡到一张祝席德生日快乐的明信片，落款依旧是“爱你的爸爸”。苏菲突然发现，席德的生日居然和自己是同一天！她觉得自己正在被拉进一个不真实的世界。

小说读到这里，我们也渐渐注意到，苏菲开始读艾伯特写给她的讲义是在她的秘密树洞里，而渐渐地，她将讲义带回到自己的房间。

而在之后讲到中世纪的时候，艾伯特将直接给苏菲面对面地授课。这时候苏菲也就不再回到她的树洞了。这暗示着苏菲通过接触哲学，慢慢地从自己的“洞穴”中走了出来，开始思考世界，思考真实。

Step 4

自从上次收到讲义之后好几天，苏菲都没有收到新的讲义。5月17日是挪威的国庆节，学校放假三天，因此苏菲和乔安在5月16日放学后相约去露营。苏菲选择了离树林中的小木屋较近的一个地点。

这天晚上，她们搭好帐篷之后，苏菲提议去小木屋探险。艾伯特已经不住在里面了，不过她们在里面发现了一盒盖着黎巴嫩邮戳的明信片，全部是席德的爸爸写给席德的。

从这些明信片中，苏菲知道了席德的爸爸是驻黎巴嫩联合国部队的少校，目前正在黎巴嫩的战场，并且将会在仲夏节回家为席德庆祝生日。

5月17日，苏菲露营结束回家后，在秘密树洞中发现了新的讲义。这封讲义送来后的一周，艾伯特都没有再来信，苏菲也没有再收到从黎巴嫩寄来的明信片。直到5月25日，苏菲在厨房做晚饭的时候，风把一张明信片吹到窗户上。

还没等苏菲明白这是怎么一回事，她就接到了艾伯特的电话。艾伯特说："我们到了必须要见面的时候了，因为席德的爸爸正在向我们逼近。"艾伯特告诉苏菲，凌晨四点要一个人去教堂找他。

苏菲告诉妈妈她去乔安家睡觉，半夜从乔安家到了教堂。在黑暗的教堂里她看到了一个穿着棕色僧袍的身影爬上祭坛，俯视着自己。她肯定，这就是艾伯特了。

艾伯特并没有向苏菲介绍自己，直接开始讲课。

苏菲在夜里独自跑去教堂，听完这堂不可思议的课，赶紧跑回了家，因为来回辛苦，很快便睡着了。苏菲做了个梦，在梦中，她站在一个大花园里，身边站着一个年轻的女孩。一个中年男子喊："席德！"女孩马上向他飞奔过去。

苏菲在女孩原来坐的地方发现了一条金项链，她捡起来拿在手里。睡醒后，苏菲真的在自己的枕头下发现了那条项链。

第二天一早，汉密士就来带苏菲去见艾伯特。苏菲在艾伯特家门口的信箱上又发现了一张"祝席德生日快乐"的明信片，明信片上还说"很遗憾席德弄丢了金项链"。艾伯特看完明信片后，说："说不定他是在利用我们为他女儿的生日制造娱乐。"

艾伯特告诉苏菲，他们的一举一动都仿佛受到席德爸爸的监视，就连苏菲发现席德的项链也不过是席德爸爸的小把戏罢了。席德的爸爸在他们的世界里是一个无所不能的存在。

"只有哲学可以使我们更接近席德的爸爸。"艾伯特说。上完课，艾伯特对苏菲说："我们不久会再见面的，席德！"猛然听到艾伯特喊自己"席德"，这让苏菲觉得有一股寒气沿着她的后背一路窜下来，她觉得事情发展得越来越让人捉摸不透。

通过与艾伯特见面并听他当面授课，苏菲发现自己似乎正在渐渐进入一个巨大的陷阱之中。席德的爸爸就像是无所不能的上帝，并且越来越频繁地让寄给席德的明信片出现在她的生活之中。

小说读到这里，真实的历史与虚构的情节形成了在无尽的镜面中投射出来的重重幻影，苏菲感到名字的相似并非真的只是一个巧合，这个巧合通向某种终极的“真实”。但是在这个“真实”之中，上帝和哲学家的名字对调了。

名字的对调意味着身份的对调，身份的对调则意味着二者之间界限的模糊。当艾伯特把苏菲叫成席德时，苏菲和席德的形象重叠了，当席德在苏菲的梦里现身的时候，苏菲和苏菲亚、席德和席德佳之间的对应关系也被确认了。

艾伯特在给苏菲讲课时引用过歌德的名言：“不能汲取三千年历史经验的人没有未来可言。”

历史在给人们带来许多沉重灾难的同时，也为人们带来了无数文明丰硕的果实，而熟悉这些人类已有的文明和经验，又将会使人更加明确自己作为人的特殊地位——人是一个有自己独立的思维、能够独立认识世界的一种生物。

每个人都能在历史上找到自己的根，这是我们能够确认自己所思所想的一种途径；每一个人都源自历史，也都终将归于历史，以自身的生活轨迹，共同组成人类宏大的命运。

Step 5

苏菲的妈妈发现苏菲最近行踪不定，很是为她担心。苏菲只好选择性地告诉妈妈一些关于艾伯特和他的哲学讲义的事情，并且决定在仲夏节那天开一个生日派对，邀请艾伯特来见见妈妈。

距离上一次上课几天后，汉密士再一次带领苏菲来到了艾伯特家。这一次，艾伯特向苏菲讲了巴洛克时期，他说道："当时的哲学家笛卡尔在文艺复兴之后第一个重建了哲学体系，他认为世界上的一切都是值得怀疑的，包括我们的感官，唯有思考才是真实的。因而他提出了著名的'我思故我在'。"

讲完课，艾伯特带苏菲来到一台小电脑前，里面有一些资料，电脑程序可以根据这些资料与人对话。鬼使神差地，苏菲问起电脑关于席德和席德爸爸的事情，而显示屏居然又一次出现了"祝席德生日快乐"的话。席德的爸爸不知道在什么时候侵入了电脑程序。

艾伯特对此感到非常生气。而苏菲发现席德爸爸的名字——艾勃特——和艾伯特的名字如此相似，只是同音不同字。苏菲临走前，艾伯特让她吃点儿水果，她剥开一根香蕉，发现香蕉皮里面居然也写着"生日快乐"！

这次课之后的两个星期，苏菲没有再见到艾伯特。她去艾伯特家找过他一次，但只看见门上有一张纸条，写着"席德，生日快乐！”苏菲预感到在仲夏节——自己的生日宴会这一天，也是席德爸爸说好会回到家的那一天，一定会发生不同寻常的事情。

当汉密士再一次出现，把苏菲带到艾伯特家的时候，苏菲感到谜底就快要揭开了。这一次，艾伯特给苏菲讲的是经验主义。

“经验主义者认为我们关于世界的一切知识都是来自感官体验，最重要的经验主义哲学家是洛克、柏克莱和休谟。”

“洛克认为，思维是通过对感官体验的综合和抽象而得到的，一个物体感官的特征，比如颜色、味道等因人而异，但可以测量的特征，比如数量、重量，是恒定的。休谟认为自我是一个不断改变的过程，它只是一连串的印象轮流出现、经过、再现、消退、融合的过程。而柏克莱则认为，人的感知来自上帝，并且经由上帝形成了各种概念。”

讲到这里，艾伯特郑重地对苏菲说：“造成你和我现在的感知的那个人很可能就是席德的爸爸，甚至我们的感知就只是席德爸爸用笔写下来的一段文字。除此之外，对我们身边发生的这些事情再没有任何可能的解释。”

苏菲听到艾伯特的分析震惊极了。这时一道闪电劈空而下，随之而来的隆隆雷声使得整栋屋子都为之动摇。一架飞机从窗外飞过，飞机上挂了一块长布条，上面写着：“席德，生日快乐！”

苏菲在自己十五岁生日之前猛然惊觉，原来自己真的只是一个虚幻的存在。这时，她才真正体会到了什么是恍若梦中。她冒着暴风雨跑回家，路上遇到了出来接她的妈妈。

接下来，我们可能会读到和之前不一样的内容，但其中，也藏着苏菲一直想要找出的谜底。

在十五岁生日的早晨，席德六点钟就醒来了。这是她成人的第一天。席德在自己的房间里发现了驻黎巴嫩部队的爸爸寄来的生日礼物。

席德拆开包装纸，看到里面是一个文件夹。她的爸爸给她写了一本书。她打开文件，第一页上写的是书名：《苏菲的世界》。席德读起来：“苏菲的家在郊区，园子周围没有其他住家，因此看起来他们一家仿佛住在世界尽头似的。再过去，就是森林了……”

一整天，席德都沉浸在这个苏菲的故事里。她觉得爸爸很过分，肆意地在书里捉弄苏菲和艾伯特，只为了给自己过生日。吃过晚饭，她接着看下去：“暴风雨之后的第二天，是苏菲的生日。这一天是工作日，苏菲的生日宴会将在几天后的周末举行。艾伯特决定抓紧给苏菲上完哲学课，因为课程本身是在席德爸爸的计划之内的，只有在苏菲周末举办生日宴会之前尽早结束课程，他们才有时间计划逃离席德爸爸的想象。”

Step 6

席德连续几天都在看爸爸为她写的书。在苏菲生日这天，艾伯特向苏菲讲完启蒙运动的大致情况后，开始讲康德。第二天艾伯特开始给苏菲讲浪漫主义，他讲道："浪漫主义者强调自我意识，并且认为艺术家可以提供一些哲学家所无法表达的东西。"

讲到这里，艾伯特突然说："现在已经是深夜了，席德的爸爸坐在打字机前已经快要睡着了，但他必须完成给席德的生日礼物……"

苏菲听到他这样讲，吓了一大跳。

艾伯特恍惚了一阵，又说："刚刚他在借我的口说话，我们必须从这本书里逃出去！"

在席德读到"浪漫主义"的时候，她已经快要被爸爸书里的文字弄昏头了。但她隐隐约约地觉得苏菲和艾伯特是真实存在的，而不仅仅是书里的人物，因此她也觉得爸爸做得太过分了。很快，席德就有了一个惩罚爸爸的主意。

想好细节之后，她接着往下看艾伯特给苏菲讲黑格尔的内容。两天后，艾伯特开始给苏菲讲马克思和几位同时期的伟大哲学家。最后，艾伯特为他讲述的哲学课程做了总结："萨特说：关于存在的问题是无法一次就回答清楚的。所谓哲学问题的定义，就是每一个时代，甚至每一个人，都必须要一再问自己的问题。借着提出这些问题，我们才知道自己活着。”

艾伯特讲完课后的第二天，就是苏菲的生日宴会。他在苏菲的生日宴会上做了一次特别的演讲，向大家宣布他们所处的这个世界是虚构出来的。人们都不相信艾伯特说的话。而宴会开始变得越来越奇怪，每个人都不再受到理性的控制，开始任性地为所欲为。艾伯特乘乱带着苏菲钻进了树洞，跑进树林里，从那里，他们进入了席德的世界。

与此同时，席德的爸爸正在回家的路上，在机场转机。他突然被机场的广播喊到了服务台，工作人员给了他一封信，是席德写给他的。接下来，席德爸爸在机场购物的时候，他不断地在各个商店的橱窗里看到写有他名字的信封，指挥着他买各种纪念品。

艾伯特带着苏菲找到了席德家，席德家很像苏菲自己的家。席德坐在花园里等爸爸回来，苏菲跑过去，坐在她身边，在她耳边大声地喊：“席德，我是苏菲！”席德突然转头直视着苏菲的眼睛，但她的焦点并不在苏菲身上。席德只是感到有什么东西存在。

这天晚上，席德的爸爸回家了，他们一家坐在院子里吃过晚饭后，席德和爸爸在院子里看星星。苏菲努力地想介入席德的世界。最后她在席德的额头上狠狠地敲了一下，席德感到像是被牛蝇叮了一下一样。

苏菲和席德的故事到这里就结束了。我们会发现，苏菲和艾伯特的生活本身就是对哲学命题的实践。他们认识到了自己的处境，并且从“虚构”的生活中逃离出来，获得了“永恒”的“真实”。

艾伯特在带着苏菲逃离宴会的时候，对苏菲与妈妈分别的场景理性得近乎冷漠。他对苏菲说，你的妈妈只不过是同样被书写下来的没有生命的人物罢了，你所看到的这一切都不过是幻象。

而当艾伯特来到席德家，真正看到了创造他的人——席德的爸爸的时候，他又以一种高高在上的姿态俯视这个“造物主”。因为他知道在作品完成之后，作品里的人物就成了永恒的客观存在，而写作者本身却要受到自然规律的支配，会有生老病死。

如果说席德对苏菲而言是知晓一切的天使的话，这也就意味着我们自身有一部分就是天使。而苏菲逃出小说之后，与席德世界的关系颠倒过来了：在此之前，席德对苏菲而言，意味着真实，而此后，苏菲对席德而言意味着永恒。

苏菲的世界与席德的世界形成相互映射的镜面，这是否也像是人与上帝之间的关系呢？理性告诉我们，上帝是由人假想出来的，而信仰则告诉我们，人是由上帝创造出来的。

但理性和信仰，对人而言缺一不可。就像苏菲在追求永恒与真实的同时，也努力感受着周围的世界一样。因此，最终是由苏菲，而不是艾伯特，让席德感受到了他们的存在。

Step 7

《苏菲的世界》中最引人瞩目的地方就是——这是一部由两个故事嵌套而成的小说。那么，席德的世界和苏菲的世界，这两个世界又分别隐喻什么呢？

在苏菲和艾伯特“逃出”席德的爸爸写的故事之前，席德的世界对苏菲而言意味着“真实”。我们也可以认为，席德的世界就像是我们目前所处的世界，我们能够支配外部世界的一些东西，甚至能够改变它们的命运，也能够创造出一些新的东西。

但是当苏菲的故事完成之后，她就成了一个脱离席德爸爸控制的客观存在。席德对爸爸说：“如果苏菲和艾伯特真的从书里跑出来了，现在他们就凌驾在我们之上了。”而苏菲的故事又是一段哲学课程，因此我们可以认为，苏菲的世界又象征着哲学的世界。

那么，哲学的世界与现实的世界，究竟哪一个才是永恒而真实的呢？又或者，两者都不是，或两者都是？这是一个经久不息的话题，也是《苏菲的世界》这部构思精妙的小说所想要讨论的核心问题之一。

或许我们每个人都只能追求属于自己的真理，这种真理固然是在某种特定的时代背景之下产生的，但在同一个时代中不同的人，也有可能坚持着不同的，甚至截然相反的观念，比如苏格拉底和诡辩学派。

每个人都有不同的生活状态，对生活有不同的追求。那些对别人而言是真理的观念，或许对自己而言并不适用；身边人认同的观点，或许自己十分反对。同样地，我们也不应该将自己所认为的真理强加到别人身上。

这本书的另一组核心问题是：是否每个人都能够像艾伯特那样意识到自己的存在是虚幻的、自己的命运是由另一个更高的存在所决定的呢？人是否有自由意志，这种自由意志是人自身思考的结果，还是上天赋予的？

关于命运和“最高存在”，是一个永远无法证明也无法证伪的命题。我们所能够知道的关于它的全部知识，就是尽全力去过好自己的生活。没有人知道，“反抗命运”是否本身也是命运的一部分。

同样地，对于“自由意志”，我们所能知道的也只有“听从自己内心的选择”。正如康德所言，在物质的世界中我们是没有“自由”可言的，自由只存在于道德判断，也就是选择之中。

但或许连选择也不存在真正的独立与自由，每个人的选择都是他过去生活所留下的痕迹。因此我们只能同时诉求于理性，不断地自我反省，以期理解自己这么选择的原因。

诚然，艾伯特是一个洞察天机的先知，但不可否认，他对于“天机”的洞察，也只不过是席德的爸爸赋予他的一种能力。否则，他与苏菲的妈妈、乔安以及书中其他人不会有任何区别。

艾伯特一直认为，他能凭借席德的爸爸在写作时的一些疏漏和破绽逃出这本书，他甚至认为自己能够窥察到席德爸爸的潜意识。但最终，还是席德的爸爸让他们“消失”在了书里，对席德的爸爸而言，这只是一个无伤大雅的玩笑。

如果席德的爸爸不“告诉”艾伯特他存在于一个“不真实”的世界里，那艾伯特还能否意识到自己只是书里的一个人物呢？

从理性上来说这是不可能的。我们对这个世界的认识只能依赖自己的感官，我们不可能接触到感官所无法感受到的东西。即使是借助科技的手段，也只不过是将一种形式的感受转化为另一种形式，或者将某种感官的感受范围扩大了而已。

也就是说，我们认识世界的途径仅仅限于感官“提供”给我们的东西，这些东西最终变成生物电，在神经元之间建立起各种联系。同样地，艾伯特认识世界的途径，也仅仅限于席德的爸爸提供给他的东西。

读到这里很多人就会觉得，我们甚至连自身的存在都不能确认，这是一个多么令人绝望的世界。那么我们的一生所要追寻的究竟是什么？

海德格尔提出过一个词，叫“向死而生”。同样，对于虚无与存在的问题，我们也可以说是“向虚无而存在”。不管我们所处的世界是否虚无，也不管我们是否能够在将来的某一天意识到自己的虚无，我们都只能选择相信它是真正存在着的。只有这样，我们才不至于将自己的生活变成虚无。

Chapter 11

尤利西斯·一部现代普通人的史诗

『即使经历了许多失望，走过了许多弯路，也要不断地寻找失落的自我。』

在世界文学史上，詹姆斯·乔伊斯无疑是一道璀璨的光芒。他是20世纪最伟大的作家之一，其作品及“意识流”思想对世界文坛影响巨大。他用了七年时间写下的长篇巨著《尤利西斯》，被评为有史以来最优秀的十部小说之一，但同时也是最难读完的“天书”之一。

Step 1

1882 年 2 月 2 日，乔伊斯出生在都柏林的一个信仰天主教的家庭中。乔伊斯幼年时代，爱尔兰还在英国统治之下，战乱不断，民不聊生。

乔伊斯有一大群弟弟妹妹，但父亲偏爱他这个才华横溢的长子，不论这一家人有没有足够的东西吃，都要给他钱去买外国书籍。

在乔伊斯九岁那年，爱尔兰民族主义领袖巴涅尔去世，为了缅怀他，乔伊斯写下了第一首讽刺诗《希利，你也这样！》，初步表现出了他的民族主义思想和非凡的文学才能。

乔伊斯的文学生涯始于 1904 年开始创作的《都柏林人》，这是一部描写下层市民日常生活的短篇小说集。

他说：“我的宗旨是要为我国的道德和精神史写下自己的一章。”这其实也成了他一生追求的目标。

同时，乔伊斯开始写自传体小说《一个青年艺术家的画像》。小说中的很多细节取材于乔伊斯的早期生活，主人公斯蒂芬 · 迪达勒斯与乔伊斯的早年经历一样，在孤独中成长，最终走向献身艺术的征程。孤独，作为伟人和天才的通病，却恰是艺术家成功的基石。

1904 年的一天，乔伊斯在都柏林街上和人发生冲突，一位中年人亨特把受伤的他扶起来送回了家。

后来他听说亨特是一个受到歧视的犹太人，而且妻子对他不忠，于是，他想就此写一部短篇小说。但直到1914年，乔伊斯才着手开始写。

那位中年人亨特就是书中主要角色布卢姆的原型，而这部小说，便是后来享誉世界的《尤利西斯》。

于是，他不仅以荷马长篇史诗《奥德赛》中的英雄尤利西斯的名字为新作命名，而且还使其笔下的主要人物在都柏林一天的活动，与古希腊神话中的某些人物传奇般的经历相互对应。

如果说《奥德赛》是一部古典英雄的史诗，《尤利西斯》则是一部现代普通人的史诗。

在这本书里，乔伊斯用一百多万字的篇幅，讲述了三个主要人物在十八个小时内的活动和际遇。他细致入微地记录了1904年的都柏林，人们生活的每一个细节。

乔伊斯想记录的是，一个在工业社会里生存的普通人的生活轨迹。这个生活轨迹从一早上炉子上烧的茶水开始，到凌晨的意识流结束。

这部小说的时间跨度只有一天，而且在这一天中，什么特殊的事情都没有发生。然而，这样一个简单的、几乎没有什么剧情的故事，作者竟将其写成了一部一百一十万字的小说。

推动这部小说的，不是情节，而是人物原原本本的意识活动。

作为意识流小说的开山之作，《尤利西斯》展现了人类精神层面的混乱、破碎、模糊。各种生造词、混搭词增加了文字理解的难度。大量的引经据典也是造成《尤利西斯》难懂的重要原因。

不过，无论人们对于乔伊斯多么恼怒，都不妨碍《尤利西斯》成为20世纪最具特色的名著。

Step 2

《尤利西斯》的第一章从1904年6月16日清晨开始。艺术青年斯蒂芬在多基的一所私立学校里教书，他在都柏林郊外租了一座圆形炮塔。

与他同住的还有二人，一位是养尊处优的医科生穆利根，另一位是来自牛津大学的英国人海恩斯。清晨，穆利根登上炮塔的顶部，拿着刮胡子的工具，夸张地模仿着天主教神父做弥撒时的动作。

他和斯蒂芬一样，都是无神论者。斯蒂芬昏昏欲睡地瞧着穆利根，关心的却是海恩斯还要在这里住多久。海恩斯整晚都在大喊大叫，说着关于一只黑豹的梦话。

黑豹暗喻着犹太人布卢姆的出现，海恩斯对犹太人怀有敌意，而描写反犹太人的种族偏见亦是本书的重要主题之一。

因为母亲病危，斯蒂芬从巴黎回到爱尔兰。穆利根开玩笑地指责他，令斯蒂芬再次回想起母亲临终前的场面。而穆利根在背后随便谈论他母亲的死，严重伤害了斯蒂芬的感情。他们之间的关系出现了裂痕。

他们走下炮塔，和海恩斯共进早餐。穆利根今天很兴奋，因为这是斯蒂芬领薪水的日子，他认为斯蒂芬领了钱一定会请他喝酒。

他们三人离开炮塔之后，海恩斯想继续听斯蒂芬谈谈对《哈姆雷特》的看法，却被穆利根岔开了。

斯蒂芬告诉海恩斯，自己是一个可怕的自由思想的典型代表，但却是两个主人的奴仆，一个是以海恩斯为代表的大英帝国，另外，他还屈从于罗马天主教会。

海恩斯理解斯蒂芬的感受，他认为，这一切都是历史造成的。穆利根与海恩斯去海湾游泳，斯蒂芬便离开了。他们在分手时约定，下午两点半在船记酒店见面。

斯蒂芬来到了学校，为学校上一堂历史课。他讲授的是有关古希腊伊庇鲁斯国王皮勒斯，在阿斯库拉姆战争中取得胜利的那段历史。

斯蒂芬从栈桥联想到那场伤亡惨痛的战争。栈桥不通向彼岸，所以是一座失望之桥。

斯蒂芬来到了校长迪希先生的办公室领薪水。迪希自认是一个很有阅历的人，所以他给斯蒂芬提出忠告，告诫他要注意积蓄，并且对于自己从未欠过别人的债很得意。迪希先生请他帮忙把自己的一封信在都柏林的报纸上发表，文章主要内容是要求采取严厉措施防止口蹄疫的蔓延。

迪希在文中暗示了农业部的腐败和幕后操纵，他不满地对斯蒂芬说，英国已经掌握在犹太人手里了，他们占据了所有高层的位置。这个观点和海恩斯不谋而合。本书的反犹太人主题有着特殊的意义，因为另一位主人公利奥波德·布卢姆就是一个犹太人，外界的环境迫使他感到自己是一个局外人，就在这一天，他开始了在都柏林街头的游荡。

上午11点，拿着迪希先生的信，斯蒂芬离开校长办公室之后，漫步在沙滩上。

这一章是本书中最为晦涩难懂的一部分，大部分是斯蒂芬在海岸漫步时脑海中支离破碎的思考。他思索着很多神秘奇怪的东西，他还在思考应当怎样看待自己，并探讨他脚下的土地和他身体的关系。

当他看见两位产婆，他就联想到人类生命的起源，想起自己的出生；当他走过舅舅家时，就考虑是否去看看他们。

接着他又想到他在巴黎遇到过的流亡的爱尔兰爱国者。他曾想在那里干出一番事业来，但他的希望变成了泡影，因为母亲病危，他不得不回到爱尔兰。

一条狗闯入他的视线，令他想起公元8世纪挪威入侵爱尔兰时，就是从这里登陆。这条狗使他回忆起海恩斯噩梦中的黑豹，他想起自己昨晚做的怪梦，一个陌生人用甜瓜引诱他，并以红地毯来迎接他。

纷乱的思绪激发出他写诗的灵感，他撕下迪希先生信上的空白处，放在岩石上写了起来。

就在这个时候，斯蒂芬感到有人在他背后。他环顾四周，看见海的尽头有一艘三桅帆船，高高的桅杆正在半空中移动，这隐约地表示三位一体和耶稣在十字架上受难。

Step 3

第二部名为《尤利西斯的漂泊》，其中的尤利西斯对应的正是本书的主人公利奥波德·布卢姆，一个平凡普通的小人物。

这一天清晨，他将开始自己在都柏林的游荡之旅。布卢姆是一个报纸广告推销员，早上 8 点，他正脚步轻盈地在厨房做早餐，妻子摩莉还在睡觉。

布卢姆没有带钥匙，穿上黑色的衣服离开了家，来到德鲁加茨的猪肉铺。他匆匆回到家里，发现门垫上放着两封信和一张明信片。当他发现其中一封是写给妻子摩莉的信时，目光立刻黯淡了下来。

布卢姆开始煎猪腰子，然后把信拿进卧室交给摩莉，并为她端上早餐和沏好的茶。摩莉是一位歌唱演员，信是妻子所在的歌剧团经理博伊兰寄来的，他下午要把节目单带过来。

布卢姆一边享受着美味的猪腰子，一边看女儿米莉的信。这是她第一次在外面过生日，布卢姆很自然地想起了她的出生，又痛苦地回忆起刚出生几天就夭折了的孩子鲁迪。如果活到现在，鲁迪也十一岁了。

乔治教堂的钟声敲响了，提醒了他，要出门去参加葬礼。布卢姆离开家，开始了一天的游荡。布卢姆绕道先来到韦斯特兰横街邮政局，取回了他的一封信。因为妻子的暧昧关系，为了求得安慰，他也只能找个女伴。

他继续游荡，来到教堂。作为一个犹太人和局外人，布卢姆认为整套的神学都是教会的博士们编出来的，以维护他们手中的大权。

弥撒结束之后，他又来到药房给摩莉配化妆水。这时他才想起忘带处方和大门的钥匙了。此时的布卢姆和斯蒂芬的心情一样，有家也归不得。他配好了化妆水，并买了一块肥皂。这时又碰上了莱昂斯，莱昂斯向他借报纸看，想从上头得到一点赛马押赌的信息。

布卢姆随口说，正要把它“丢掉”呢。离开莱昂斯，布卢姆径直来到一家澡堂，他预见自己将会享受仿佛母胎内那样温暖的洗澡水的愉快。

11 点时，布卢姆乘上马车去参加葬礼。送殡的队伍从繁华地区经过，行人纷纷脱帽致敬。

人们一路上都在高谈阔论，布卢姆的发言却总是被别人不经意地打断，从这里可以看出他与这些爱尔兰中产阶级之间的差异，和他身为局外人的尴尬地位。

下葬的过程中，布卢姆不停地思索生死的奥秘。接着他的思考又转向活着的人，在死亡中，我们与生存为伍。一个人能够孤零零地度过一生，但死后还是得靠别人为他盖土。

当人们离开公墓时，布卢姆提醒走在前面的律师门顿，他的帽子瘪下去了一点。可门顿十分看不起布卢姆，只是凝视了他半刻，然后冷冷地说了声“谢谢”。

碰了钉子的布卢姆再次感受到了被别人排斥的痛苦。参加葬礼之后，为了客户凯斯刊登广告的事，布卢姆来到了嘈杂繁忙的《自由人报》的办公室。他希望在广告中加入两把钥匙交叉的图案标记。

布卢姆解释说，这代表了自治这个概念。但工长却要求凯斯每三个月与报社续订一次合同，这给布卢姆出了个难题。布卢姆又来到《电讯晚报》，打算给凯斯打电话商量合同的事。他发现一伙人正在这里谈笑风生，其中包括一同参加葬礼的那几位。通过电话得知凯斯去了拍卖行，布卢姆再次匆匆离开。

办公室的谈话仍在继续。这时，斯蒂芬也进来了，也参与到讨论中来。他来的目的是将迪希先生的信交给主编。主编克劳福德很欣赏他的才华，并向他约稿。主编漫不经心地答应会刊登这篇关于口蹄疫的文章，但奥莫洛伊却悄悄提醒斯蒂芬，希望十分渺茫。

这时布卢姆气喘吁吁地跑回报社告诉主编，凯斯希望在星期六的《电讯晚报》上登一则花边广告，主编同意了。接下来，布卢姆就要去图书馆去描摹两把钥匙的图案，看来，他的努力有望取得成功。

Step 4

中午时分，布卢姆依然在街头游荡。他接过基督教会的传单，看见西蒙女儿迪丽营养不良的样子，想起他家一共有15个孩子。

他们的教义鼓励生育，神父享受着丰足的生活，却不管教徒们一贫如洗的生活。

布卢姆站在奥康内尔桥头，扫视河面，内心却在思考着有关哲学的问题——人不可能真正拥有水，因为它不断地流走。

在失去儿子鲁迪之前，他与摩莉度过了一段田园牧歌似的幸福岁月。但自从鲁迪夭折，布卢姆与妻子产生了隔阂。

这最终使他离开了家。但妻子时常浮现在他的脑海中，他在心中默默地渴望着热烈的爱。

在酒吧有人提起摩莉即将出去演出的事，布卢姆想到博伊兰再过两小时就要到他家里去了，心里十分痛苦。

他思念摩莉的心情变得更为强烈了。吃过饭后，布卢姆打算去图书馆。在半路上，他帮助一位盲人过马路。他非常同情这个可怜的孩子，他甚至在想，一个什么也看不见的人，他的梦里都会出现什么呢？

快到图书馆时，他看到了博伊兰，赶紧躲开了。这时，穆利根在图书馆找到了斯蒂芬，斯蒂芬正在和几个人进行学术探讨。他提出自己的想法，并对一些守旧的观点提出挑战，特别是对于《哈姆雷特》，他有着自己的见解和论述。

布卢姆为了凯斯登广告的事情，来描摹那两把相互交叉的钥匙的图案。

当他与图书馆管理员对话时，大家只看到他的侧影。穆利根却认出了他这个犹太人，并告诉斯蒂芬，布卢姆认识他父亲。

随后，穆利根和斯蒂芬离开图书馆时，布卢姆的身影再次出现，他从他们两人中间穿过去了。布卢姆就是海恩斯梦中的黑豹。这是斯蒂芬第一次遇到布卢姆，他们却擦肩而过。

时间指向了下午3点到4点之间。

在第十章里，乔伊斯记述了人们的活动，在很多场合迅速地捕捉到一些次要角色的行动，有些人物是在前面的章节中我们听说过或遇到过的。

差5分3点的时候，康米神父走出家门，他要到位于都柏林北部的阿坦去行善。上午为迪格纳穆举行葬礼时，他就在现场。

而在同一时刻，那个断了腿的水手正在布卢姆居住的那条街上乞讨。博伊兰在水果店为摩莉订水果，并给秘书打了个电话。秘书告诉他，利内翰约他4点钟在奥蒙德饭店见面，但这正是博伊兰和摩莉约会的时间。

与此同时，布卢姆正在一个书摊上为摩莉选书，最后他选了一本《偷情的快乐》，认为这更合摩莉的胃口。

迪丽在街上找到父亲，并向他要了一点钱。当迪丽正在书摊买书时，又遇到了哥哥斯蒂芬。斯蒂芬对处于贫困生活中的妹妹深感同情，认为他的父亲正是一切痛苦的根源。

海军上将和他的夫人乘坐马车，在骑兵队的护卫下通过都柏林的街道，沿途遇到许多人物，有的向他们恭敬行礼，有的神情十分冷漠。

斯蒂芬的父亲西蒙·迪达勒斯先生走进饭店时，布卢姆正在街上游荡。他买了信纸，准备给玛莎写信。

这时他看到博伊兰的马车朝着饭店的方向驶去，他疑惑地想博伊兰是否忘记了和摩莉的约会，于是便跟了上去。

这时，多拉德陪着正为高利贷苦恼的考利神父进来了。多拉德请西蒙唱一首歌，西蒙生动抒情地演唱了《玛尔塔》中的段落。这首甜蜜的情歌让布卢姆满怀柔情地回顾了他和摩莉相遇的情景。他沉浸在伤感的思潮中，而此时此刻，博伊兰却正向着他的家而去，一心想着和他的妻子进行一次性的冒险。

这的确是一种讽刺。同样具有讽刺性的是，布卢姆拿出纸笔，给玛莎写了一封回信。

多拉德接着又唱了一首有关背叛的歌。甚至在唱歌的时候，博伊兰敲响了布卢姆家的门。

眼睁睁看着情敌走进了家门，布卢姆却无能为力。

Step 5

《尤利西斯》第十二章的大部分事情都是借一个无名的讲述人之口讲出来的。这名讲述人在街上碰到了乔·海因斯，于是相约去了酒吧喝酒，还遇见了一个绰号为“市民”的人。

“市民”是一个狂热的革命民族主义者，乔伊斯用十分夸张和滑稽的词语将他形容为一个英雄人物。他时常凭借他的革命热情，从精神上实行敲诈勒索，白喝别人的酒。这些酒吧常客的谈话充满了恶意和讥讽，甚至还有敌意和威胁，令人感到仿佛陷入了一种政治空想和个人宿怨的氛围中。

以布卢姆为代表的理智平静的声音，被淹没在粗暴的言过其实的洪流之中。在这充满仇恨和蔑视的气氛中，布卢姆插进的那些理性的话惹恼了以“市民”为首的人们。当人们问他属于哪个民族的时候，他说，他是爱尔兰的，因为他生在这儿。

但同时，他还属于一个被仇视、受迫害、被掠夺的民族，现在也是这样。谁都知道，他说的是犹太民族。但他认为，侮辱和仇恨并不是生命，每一个人都晓得真正的生命同那恰恰相反，那就是爱。

然后，布卢姆中途离开了一会儿，去法院找马丁。利内翰告诉了大家一条关于赛马的消息，一匹名叫“丢掉”的马很意外地夺得了冠军。

这是上午莱昂斯遇见布卢姆时产生的误会，人们却都认为这是布卢姆给莱昂斯透露的消息。他这时离开一定是去领奖金了，也不愿意请大家喝酒，这更增加了人们对他的不满。不久，马丁来到了酒吧，布卢姆也回来了。

绰号为“市民”的人，为了挑起和布卢姆的争论，就谈起移民大批涌进爱尔兰、对国家造成了破坏之类的话题，其实是在攻击犹太人。布卢姆装着没听见，与马丁坐上马车准备离开，“市民”也站起身，高喊“为以色列三呼万岁”。

布卢姆实在忍无可忍，就反击道：“你的天主跟我一样，也是个犹太人。”“市民”恼羞成怒，拿起饼干罐向布卢姆扔去，但马车早已疾驰而去。

布卢姆感到孤独无援：妻子与外人幽会、广告业务不顺利、下午在酒吧还险些遭到民族主义分子的毒打。

在海滨观望格蒂可以在一定程度上满足他的欲望，来摆脱他低落和迷惘的情绪。附近的教堂正在进行祈祷，远处正放着绚烂的焰火，格蒂仰着身子，欣赏那五彩缤纷的夜空。

在这样的环境下，二人在各自的想象中谈了一场精神恋爱。当格蒂最终站起来走开的时候，布卢姆才惊讶地发现她是一个身体有缺陷的人。

少女们离开之后，布卢姆陷入了沉思和遐想。他想起了博伊兰给摩莉写信的事，想起他的手表早已在下午 4 点 30 分就停了，而那时，博伊兰已经与摩莉见面了吧，他却有家归不得。

晚上10点钟，布卢姆出现在霍利斯街妇产医院，陷入哀思当中，认为人生在世，应该预想到其最终的归宿。每个人都赤条条地来，也终将赤条条而去。同时来到这里的还有一群医学院的学生，布卢姆参加学生们的活动，主要是考虑到斯蒂芬，布卢姆发现斯蒂芬和他父亲关系紧张。

而当楼上的孕妇正值难产的危急时刻，斯蒂芬与这些人一起饮酒作乐，他们轻率、猥亵的言论显然是非常不敬的，他们对避孕和流产的议论都冒犯了繁衍后代的准则。

当普里福伊夫人最终诞下婴儿后，只有布卢姆由衷地感到高兴。婴儿出生的景象让他回忆起一件很久以前的事。5月的晚会上，斯蒂芬还是个四五岁的孩子，摩莉和其他几个人用手围成一圈，保护着他。

宁静被一声喊叫打破了，斯蒂芬喊道："到伯克酒吧去！"这些人立刻朝酒吧冲去。

直到酒吧要关门了，他们才离开去了红灯区。

Step 6

斯蒂芬和林奇喝得醉醺醺的，走过通往红灯区的十分脏乱的马博特街口。出门后他险些被电车撞到，然后又被双胞胎兄弟撞了个满怀。

这时，布卢姆的眼前出现了父亲的影子，接着摩莉身着土耳其装束，旁边站着一只骆驼，出现在他的眼前并称他为老古板。他急忙向摩莉道歉。然后他又看见布林太太衣着邋遢地站在街头。他们一起散步，回忆从前的美好时光。

从幻觉回到现实世界，那些下等的妓女们正从小巷子、门口和拐角处大声地拉客，他不知道斯蒂芬到哪里去了。

这时，从他身边走过的两位巡警突然变成了政府当局专制的代表，很多人都出现在他面前，控告他。

法庭不顾布卢姆语无伦次的申辩和律师的辩护，宣布判处他死刑。从梦幻中回到现实的布卢姆遇到了年轻的妓女佐伊，佐伊搂抱着他，驱散了他失望的愁云。

接着，他摇身一变，成了都柏林的市长大人。他向公众发表施政演说，建议立刻修建一条有轨电车道。他充满激情的演讲得到了公众的肯定。但是，形势很快急转直下，他被指控为一个虚伪的人，一群粗暴的乌合之众叫嚷着要烧死他。

穆利根站出来证明他是一个“变态的阴阳人”，而且就要生孩子了，他又赢得了同情。在现实世界里，妓女佐伊把布卢姆带进了房里，在音乐室里，他找到了正在弹钢琴的斯蒂芬。

妓院老鸨贝拉走了进来。她突然告诉布卢姆，他可以通过钥匙孔看看自己与摩莉寻欢作乐的情人，布卢姆卑贱地表示遵命。在现实世界中，他们付给了妓院老鸨贝拉三十先令。布卢姆让斯蒂芬把身上的钱交给他保管，这样比较安全。

接着狂舞开始了，斯蒂芬拉着几位妓女轮流和他跳舞。在摇摇晃晃中，斯蒂芬看到母亲的幽灵从地板上升起。

对于母亲的死，斯蒂芬一直心怀内疚，在极度的激动中，他抡起手杖，把吊灯打得粉碎，然后发疯似的冲了出去。布卢姆也追了上去。处于幻觉之中的斯蒂芬与士兵发生了争执，被士兵打倒在地。

布卢姆眼前突然出现了十一岁的鲁迪的幻象，假如他还活着，他就是眼前这个样子。父亲终于找到了儿子。

布卢姆关心地问斯蒂芬为什么要离开父亲的家？斯蒂芬的回答是：去寻求厄运。他们来到酒吧，这里已经挤满了杂七杂八的夜间流浪者们。

一个面容憔悴的妓女在门口张望，引起布卢姆从政治和社会角度去评论，他认为妓院应该持有营业证，而且妓女应通过医学检查。

而斯蒂芬则坚持他理性的、形而上学的评论风格，他说：在这个国家里，某些人卖掉的东西要远比她曾卖过的多，而且还大有赚头。

这句话引起他们对“灵魂”的讨论，两个人在思想上显然有着严重的分歧。已是半夜1点，布卢姆考虑到斯蒂芬无处可去，便邀请他去自己的家里过夜。

两人一路聊天回到了布卢姆的家，亲密无间地尽情交流。布卢姆想留斯蒂芬在家里过夜，斯蒂芬谢绝了。他来到床上，躺在摩莉的身旁。摩莉被惊醒后，问他一整天都干了些什么，他回答说遇到了“教授兼作家”斯蒂芬。

Step 7

最后一章，我们被带入了摩莉的思想当中。

布卢姆要求摩莉早上把有煎鸡蛋的早餐备好，端到他的床前。使摩莉想到布卢姆过去的大丈夫派头又回来了。

摩莉怀疑布卢姆在外面跟其他女人鬼混，因为他们已经十年没有性生活，而布卢姆又整天在外面游荡。摩莉认为布卢姆学识渊博，温和有礼，但布卢姆的克制和博伊兰的粗暴都无法满足她的渴求。

对于布卢姆性方面的失败，她想着“我将给他最后一次机会”，最后，她又回忆起他们在霍斯山的杜鹃花丛中，布卢姆向她求婚的情景。摩莉内心的决定，表明了她与布卢姆之间的关系经过漫长时间的疏远，或许将会得到恢复……

距离乔伊斯笔下的人物和故事已经过去了100年，人们却永远记住了那个真实的都柏林和平凡的布卢姆。

《尤利西斯》不仅在写作方法上彻底摆脱了西方小说几百年的传统，另辟蹊径，在思想上，乔伊斯也是叛逆的。他是当时社会的叛逆者，怀着对所处环境的强烈不满而开始了自己的文学生涯。

当乔伊斯与后来的妻子娜拉认识才两个月时，他就在给她的一封信中谴责了当时的社会，甚至自己的家庭。他写道：“我从心中摒弃这整个社会的结构、基督教，还有家庭、公认的各种道德准则，当前社会的阶层以及宗教信仰。”

他还说：“六年前我脱离了天主教会，我对教会恨之入骨。我发现由于我本性的冲动，我不能再属于它了。”在他看来，在欧洲重新恢复教会的权力就等于回到中世纪的宗教法庭。

在乔伊斯的一生中，民族主义思想是贯彻始终的。他认为，一名国际主义作家，首先是民族主义的。用《尤利西斯》第一章中的话来说，乔伊斯是用手中那把“艺术尖刀”，一杆“冷酷无情的钢笔”，为他那处于水深炎热中的爱尔兰同胞和他们的生活做了素描，起到了唤醒民众的作用。

读《尤利西斯》，无法不感受到弥漫在全书中的反英情绪。

第一章写到送牛奶的老太婆时，作者写道：“一个到处流浪、满脸皱纹的老太婆，女神假借这个卑贱者的形象，伺候着她的征服者……”

这里“征服者”指的便是英国人。

《尤利西斯》脱稿的那一年，爱尔兰成为英联邦中的一个自由邦。1948 年，爱尔兰终于脱离英联邦，成为一个共和国。

在 20 世纪小说史上，《尤利西斯》是一座奠基石。在爱尔兰民族独立史上，它的功绩也是不可磨灭的。

《尤利西斯》虽然用了《荷马史诗》的结构框架，却不是一本英雄传记。小说的主人公布卢姆完全没有英勇气魄，也没有经历任何的冒险。

在西欧反犹排犹之际，作者偏偏以布卢姆这样一个犹太人为此书的主人公，并把他塑造得既富于同情心，又可敬可亲，这本身也是他对那个时代的挑战。

乔伊斯通过布卢姆写出了人性的善良，表达的是对反犹太主义的驳斥，而布卢姆则成了世界现代文学史上一位著名的犹太人的典型代表。